U0924109

我读2

何亮亮
梁文道
主讲

凤凰书品 编

湖南文艺出版社
HUNAN LITERATURE AND ART PUBLISHING HOUSE

我读2

目录

烽火守书人

理想的下午

别对我撒谎

先上讣告后上天堂

够了！创意

拈花说

烽火守书人

爱书人手记

香港1949-1960，曾经的淘书天堂

许定铭（1947-），笔名陶俊、向河等，广东电白人。在香港从事教育工作近40年，开书店20年，毕生与书结缘，集买、卖、藏、编、读、写、教、出版八种书事于一身，别号“醉书翁”。著有《醉书闲话》《书人书事》《醉书随笔》等。

也许没有人会相信，香港曾经是一个淘书天堂。1949 年到 1960 年那段时间，香港有很多旧书店。旧书泛滥不难理解，1949 年以后很多人南逃跑到香港来，生活都成了问题，还读什么书？于是就有一批批的书流散到市场上。那时候的旧书店专卖这些书，里头五花八门什么都有。同时，因为政治问题，很多老作家的书当时已经没有办法在大陆出版了，只好拿到香港来翻印，香港书市上一时又涌现了很多新书。

就是这一时期，孕育了一批我们今天看起来非常幸运的藏书人，比如《爱书人手记》的作者许定铭先生。许定铭曾经是个文学青年，尤其喜欢现代主义的文学创作，对 20 世纪 60 年代之前的出版物非常着迷。刚开始他只是想做一些文学史料方面的考证研究工作，没想到由此慢慢成了一个藏书家。

《爱书人手记》是一本图文并茂的散文集，讲述了作者的各类藏书，其中一些书的价值不在内容有多好，而是它们本身带有时代的印迹。比如 1950 年出版的《南洋散文集》，编选了当时马来西亚、新加坡等地华文作家的散文，两年之内就卖出一万册，非常畅销。当时香港的人口才不过一百万，等于每一百个人里就有一个人看了这本书。其实此书的主要销路在南洋，在港编印出版，再运回新马去卖。这是当年为大家所习见的一种现象，因为当时新马等地，尤其马来西亚已经不支持出版华文读物了。

从一些爱书人的角度看，这本书最有意思的地方还是描写了当年淘书的盛况，还特别介绍了一个有趣的人物——何老大。何老大何许人也？据说他 1949 年之前当过国民政府的国大代表，到香港之后，开始专门做旧书生意。可是他的卖法很聪明，他先在偏远的地方租一个仓库，把收回来的旧书扔在里面，卖的时候再一捆一捆扎好，开车运到九龙市区，专门找那种生意不好快要关门的商店，利用这些商店重新出租之前十天半个月的空档做买卖。

这种情况之下，当然不可能张罗出一个像样的旧书店来。那书怎么卖呢？一大捆一大捆堆成小山放在那儿，如果来买书的话，就得在书山里头翻来翻去。何老大还有个规矩，所有书都不拆开卖，必须整捆拿走，一捆一捆算书钱。问题有些书排得很乱，书脊有的在这边，有的在那边，老得转来转去地看。

香港很多老一辈的藏书人都有在何老大那儿淘书的经验，我生得太晚，没赶上，但是许定铭提到的另一个地方——香港庙街，我中学时候曾去过。庙街卖的东西大多很便宜，以前一些旧书摊现在大多变了味，绝大部分卖色情书刊了。不过现在还有多少人去买色情书刊呢，大家都上网看了。因此可以想见，这地方也大都破落了，只有一些上了年纪又不习惯用电脑的老先生也许会去那里翻一翻。

其实这种地方也常常能找到好的文学书，很多书店过去都是正经专卖现代文学的，有很多民国的平装书。但是一天到晚卖叶灵凤和施蛰存，生意撑不下去，怎么办呢？于是开始卖色情刊物，不由自主越卖越多，最后变成色情刊物占九成文学读物占一成。

虽说爱书人逛这些摊子的目的未必是色情书刊，但被人看到来这里也许会尴尬吧。许定铭那时在学校当老师，被学生看见了怕要误会。我当年也是，不过我是学生，怕被老师看见，而且我是两种书都看，被看见了也不冤枉。

现在许定铭已经退休了，成了一个职业爱书人，可以天天买书，而且他还干了一件很多爱书人都想干但真的干了就要后悔的事：开书店。开书店的念头我也动过，觉得家里书太多了，不如开家书店吧，但这种生意通常是要赔钱的，为什么？你开店卖书，如果进来好货，还会舍得卖出去吗？到最后书店所有的书都变成了自己的藏书。

（主讲　梁文道）

生涯一蠹鱼

三更有梦书垫脚

傅月庵，本名林皎宏，台北工专毕业，台湾大学历史研究所肄业。主业编辑，副业写作，笔锋多情而不失识见，平生服膺“买书第一、读书第二、编书第三、写书第四”的原则，文章散见网络、报纸、杂志，著有《生涯一蠹鱼》《蠹鱼头的旧书店地图》《天上大风》等。

台湾的旧书市场这几年逐渐衰落了，不过有时去台北旧书店逛一逛，还是能发现不少有趣的东西。比如两蒋时期的一些禁书，明明作者有名有姓，偏偏要把人家的名字改掉。我就见过一本朱光潜先生的《悲剧心理学》，台湾版本作者的名字变成了“朱潜”。为什么要篡改人家名字？很简单，当时所有大陆学者都是“流匪作家”，他们的书是不能出的，出的话要么改作者名要么改书名，或者二者都改，总之各式各样、无奇不有。

台湾也有不少出名的旧书藏家，我特别喜欢的一位傅月庵先生，文笔很好，是资深的作家、编辑。早在十几年前，台湾刚刚兴起网络书店的时候，他就应邀给人写专栏，写得妙趣横生，后来结集出了书，最早一本是《生涯一蠹鱼》。“蠹鱼”是蛀书虫的意思，由此就可知他对书的痴迷了。

《生涯一蠹鱼》讲作者当年怎样在台北逛旧书店，一般人读了会觉得他那种逛法真是让人吃惊。傅月庵大学念的是工科，自己却更喜欢文艺，念书之余唯一的乐趣是去逛旧书店。有一回，他发现了一套非常漂亮的日本文学名著《源氏物语》，是日本大作家谷崎润一郎[1]用现代日语译过的，精装二十本，雪白的封面还用木匣装着。

傅月庵一见倾心，觉得这套书太美了。那时候他还不懂日文，只是觉得这么美的书混在一堆杂七杂八的色情书刊里实在是唐突佳人，于是狠狠心，把一个月的零用钱全花了，搬了书回家。可是搬回去放在哪儿呢？一个大学生能有多大空间？他连张书架都没有，只好放在床上，起初当枕头，可是太硬枕着不舒服，后来就包起来拿去垫脚了，所谓"三更有梦书垫脚"是也。

他的《蠹鱼头的旧书店地图》也很有趣。这本书分门别类介绍了台湾各地的旧书店，而且对每一家有独特风格的旧书店都请来台湾著名画家陈昭仪配上插图，把店里的格局仔细画出来。他还详细列出一个人出门猎书的时候都应该带些什么。有人说，买

[1] 谷崎润一郎（1886-1965），日本唯美派文学大师，1908年就读东京帝国大学国文系，后退学从事创作。早期作品追求从嗜虐与受虐中体味痛切的快感，中后期作品回归日本古典与东方传统，其作品洋溢着浓郁的日本风。代表作品有：《恶魔》《春琴抄》《细雪》《疯癫老人日记》等。他的《源氏物语》译本用了八年时间译成，文笔明丽酣畅。1949年获日本政府颁发的文化勋章。

书还有这么多讲究吗？有，我觉得这一点每一个爱书人都有体会，就是淘书的专业装备。

比如专门逛旧书摊的人夏天应该是这副模样：夹着一把雨伞——台湾地处东南亚，夏天多雨；准备一个大背袋，里面装着水壶和面包——因为一旦逛起书店没空吃饭或者一时忘了吃饭，可以随时拿面包充饥。冬天的时候呢，当然保暖工作是要做好的，然后不管什么时候一个尽可能大的购书袋是必不可少的。

《访书姻缘》这篇文章谈到，为什么淘旧书能带给人那么多乐趣呢？首先是有一种捡到便宜的心理，旧书的定价往往不过新书的一半。其次，从精神上说，会有一种奇怪的缘分。天天逛旧书店，偏偏那天没去的时候有一本好书散出来，被别人得了去，那就说明这本书跟你没有缘分。买旧书总会有很多遗憾，要抱一种随缘的心情，得到了固然高兴，得不到那就由它去吧。

（主讲　梁文道）

搜书记

蓄书娱老

谢其章，生于上海，长于北京。著名藏书家，出版过多部有关藏书的专著，计有《漫话老杂志》《旧书收藏》《老期刊收藏》《创刊号风景》《创刊号剪影》《封面秀》《梦影集——我的电影记忆》《“终刊号”丛话》《搜书记》等。

不少老作家回忆当年如何在北京逛琉璃厂，都把琉璃厂说得好像天堂一样。淘了半天书，带着好东西心满意足地逛到信远斋，喝上一碗冰镇酸梅汤[1]，那真是世上最快活的一件事。可是当我十几年前第一次到北京朝圣琉璃厂的时候，不免有些失望，琉璃厂完全没了想象中的风雅气息，信远斋的所在地也都变成了一些普通的小吃店了。

也许是我自己学养不足、眼力不济吧，就算碰上好东西也看不出来。旧书生意是一个相当传统的行业，想进入这个市场是要有充足准备的，那可不只是钱的问题，还要有一定的学养和经

[1] 信远斋始建于清乾隆五年(1740)，原址在东琉璃厂，主营应时当令的精美食品，夏季经营清凉饮料酸梅汤，风味独特，在社会名流中享有很高声誉。许多文人墨客逛完文化街，观赏购买古玩、字画之余，都爱到信远斋优雅的店堂来喝上一碗酸甜香浓、清凉爽口的酸梅汤。该产品声名远播，1915曾年在巴拿马国际博览会荣获超等奖状。

验。这些怎么得来呢？全靠天长日久泡书市、逛书店。《搜书记》就是著名藏书家谢其章先生多年在书市磨出来的经验。

为什么叫《搜书记》呢？他解释说，“猎书”是西方传过来的说法，他不喜欢，而“淘书”这个词用得太多了，他宁愿叫“搜书”，更顺耳一些。他说写这本书首先是想解决一个所有爱书人都会面对的问题，那就是我们最终会发现自己买回来的书要远远多于读过的书。这是一种巨大的心理压力，明明买的时候准备好好读的，可是大多翻都没翻就堆在那儿了，挺不像话的。

谢其章说自己虽然算是买书比较多的人，可是认真读过的书却少之又少，所以现在只好写“买书笔记”而不是“读书笔记”了。所谓“蓄书娱老”，藏书是为了等老了以后再拿出来阅读娱乐的，以此在买书与读书之间找到心理平衡。

《搜书记》是二十多年来与买书有关的日记的节录，讲自己如何在书市上搜集好书，在哪个藏书家那里又看到了好书，等等。也许有人会问，这样的流水账有什么好看呢？其实从这里面，我们能学到不少买书的经验教训。

比如 1990 年 2 月 27 日日记上写的，“搜集旧杂志，最忌全套有缺”。买旧杂志不买则已，要买就要买一套，像集邮一样，务必求全才心安。可是有很多旧书店利用买书人这种求全心理，会故意把一套完整的旧杂志拆开来卖，或者在里面夹杂了影印本，买的时候要格外注意。谢先生就经历过诸如此类受气、吃亏、上当的教训。这位超级书痴常常入不敷出，他的钱大半都捐到书店里去了。

从这本书中也能看到近二十年来中国旧书市场的巨大演变。早先大家都去琉璃厂，后来更多是去潘家园旧书摊。这些书摊有一阵子被搬到楼上商场，淘书人反倒不习惯了，他们习惯了蹲在地上一本一本那么脏脏地翻。于是不久这些书摊又回到地面来。

谢其章常常去潘家园“搜书”。他也是中国最早参加书籍拍卖的人。1993 年他到琉璃厂的古籍书店二楼去看拍卖，那时候还要花三块钱入场费才能进去，后来拍卖会渐成规模，他就常常在里面跟人举牌竞标了。

到如今，大伙又都流行上“孔夫子旧书网（http://www.kongfz.com/）”，谢先生自然也不例外。有趣的是，他发现这个转捩点发生在非典时期，那时候大家都不大敢出门，更不要说去旧书摊了，于是就促成了网上买卖旧书的风气。可是我觉得二者的感觉始终很不一样，如果说网上买旧书是有目标地“找”，那么逛旧书摊则可以称之为“遇”了。

（主讲　梁文道）

书店风景

旧金山的“城市之光”

钟芳玲，生于台湾，毕业于美国纽约州立大学水牛城分校哲学系，曾任天下杂志出版社丛书编辑、台湾中华书局策划顾问、月旦出版社总编辑、香港国际古书展公关顾问、书店创意总监等。现专职写作，业余为出版社策划丛书并在学院授课。喜欢游走世界逛书店、看书展、参观图书馆，与各地书人聊书、品书，著有《书店风景》《书天堂》等。

如果这个世界上有一种职业是每天什么都不做专门逛书店，那是不是很多人的理想呢？我很羡慕我的朋友钟芳玲，她就是一个专门逛书店的人。《书店风景》是她访问世界各地书店时发生的一些趣事。1997 年出过第一版，最近几年面对网络和电子书的冲击，书店的经营情况变化很大，很多书店都风雨飘摇。于是作者又把这些书店重访一遍，于 2007 年出版了修订本《书店风景》。

既然叫《书店风景》，当然讲的是一些能成为风景的书店。什么样的书店能成为城市风景？有没有一家书店，本身就能够成为城市的地标，甚至是游客们指名要去的地方？旧金山的“城市之光”就是这样一家书店。“城市之光”的历史不算太长，不过半个世纪，但已经被旧金山政府设为当地的文化名胜，很多游客会慕名而去，这家店到了晚上仍然灯火通明、川流不息。

“城市之光”的创办人费林盖蒂[1]已经是一个八九十岁的老人了。他曾经是著名的前卫诗人、作家和出版家。上世纪50年代他创办这家书店的时候，正值美国前卫文学“敲打派”[2]兴起。“敲打派”文学的诞生日，就是著名大诗人金斯堡赤身裸体地在这个书店附近的“六号画廊”当众宣读他的新诗《嚎叫》的那一天。

这首诗充满了强烈的控诉，内容涉及同性恋、毒瘾，甚至还谈到佛教，是一首非常奇异又充满了禁忌话题的诗。当时金斯堡真的脱光了全身来朗诵它，朗诵完之后，费林盖蒂当即写了个短签送过去，内容模仿当年爱默生在惠特曼朗诵完《草叶集》之后所献的贺词，“在这个伟大生涯的开端，我向您致意……”，不过他又加了一句“我什么时候能拿到你的稿子呢？”他要出版。

结果这首诗真的交给他出版之后，书店就被告上了法庭。当时的美国社会比较保守，认为这样的禁诗伤风败俗，但是经过激

---

[1] 劳伦斯·费林盖蒂（Lawrence Ferlinghetti，1919-），著名“垮掉一代”诗人，著有《心灵的科尼岛》，销售量达数百万册。1953年，费林盖蒂和彼得·马丁在旧金山开设了美国第一家平装书书店，书店下属的出版社于1956年出版了艾伦·金斯堡的诗集《嚎叫》，此后，杰克·凯鲁亚克等人的作品也陆续由“城市之光”出版社出版，“垮掉的一代”文化运动由此进入高潮。

[2] 又名“垮掉的一代”（The Beat Generation），第二次世界大战后在美国出现的一个文学流派。有人根据英文“Beats”和“Beatniks”（“垮掉青年”的俗称与谑称）译成“避世青年”或“疲塌派”，也有人取其诗歌的部分特征，称为“节拍运动”或“敲打诗派”，这一名称最早由作家杰克·凯鲁亚克于1948年前后提出。

烈抗争，最后费林盖蒂胜利了[1]。从此，费林盖蒂的“城市之光”书店就成为美国思想自由、言论自由的标志，成为旧金山的文化象征。

美国上世纪60年代反战运动、学生运动或“嬉皮士”运动的重镇就在旧金山，而旧金山又有两个中心，一个是加州伯克莱大学，另一个就是“城市之光”书店。直到现在，这家书店仍旧保持着它过去的作风，前几年美国打阿富汗又打伊拉克，书店门口就贴了很多抗议标语，成了一道独特的景观。

“城市之光”在美国西岸，东岸也有一家颇具传奇色彩的书店——纽约的“高谈书集”[2]。可惜现在已经关门了，不过它当年也有很特异的风格，很多名人和明星都喜欢来这个店，所以游客

---

[1] 1957年，费林盖蒂因出版《嚎叫》被控以“传播淫秽作品罪”遭当局逮捕，最终却出人意料地被法官宣布无罪，理由是《嚎叫》一书“具有一定的社会意义”。这一历史性判决还导致了D.H.劳伦斯、亨利·米勒以及威廉·巴勒斯等作家的作品在美国的解禁。“城市之光”书店又先后两次由于出版“禁书”遭到起诉，但是书店并未因此倒闭，书店历史上只有两次“关门”，而且两次都是为了表示对美国对外政策的抗议而自发进行的。第一次是1991年因反对美国发动海湾战争而停止营业；第二次是伊拉克战争期间挂出了“阻止战争和战争制造者”的横幅以及智利诗人聂鲁达的诗句——“暴君砍去了歌手的头／但井底的歌声／仍然涌向大地的秘密之泉”，书店在3月20日那一天响应反战组织“无正常营业日”的号召而闭门歇业。

[2] “高谈书集”书店（1920-2007），位于纽约曼哈顿第五与第六大道间素有“钻石道”之称的四十七街，被称为“钻石大道”上最璀璨的明珠。《纽约时报》曾在罗列“101种理由爱上纽约”时，将“高谈书集”和林肯艺术中心、卡耐基音乐厅、大都会博物馆、华尔街等举世闻名的人文景观并列，其地位之高可想而知。

有时候会在这里碰到伍迪·艾伦，甚至麦当娜。当然它并不是一个专门看名人、明星的地方，因为这家书店本身的气质盖过了所有明星。

有时候人们会在书店的角落看到一个纸箱，里面塞了一团毛绒绒的东西。仔细一看，原来是店里养的猫，肥大到刚好能把整个纸箱塞满。虽然这家书店相当狭窄逼仄，但却能在里面找到很多别处找不到的绝版好书。有些作家到了这里之后，也会兴之所至在书上胡乱签名，有些是自己的，多半是别人的，当然这些书最后都能以很好的价钱卖出去。

“城市之光”和“高谈书集”都是美国老牌的独立书店。现在北美洲乃至全世界都开始流行一种大型连锁书店，比如遍布美国大街小巷的 Barnes&Noble。相比较而言，这种连锁书店被认为很没有人性，是书市中的巨无霸或恶魔。汤姆·汉克斯和梅格·瑞恩主演的电影《电子情书》，讲的就是一位大书店老板和独立小书店女主人之间的爱情故事，他们开始恋爱之前可是彼此的眼中钉。

但是比起网上阅读，连锁书店的气氛其实还是不错的，像 Barnes&Noble 就会经常举办一些文化活动，甚至模仿独立书店的经营方法，设有自己的咖啡厅。而且他们自己的员工有些就饱读诗书，会在书店进门的地方摆一个架子，放上向大家推荐的好书，这些书自然都相当有品位。这跟我在中国有些书店遇到的情况不一样。如果你去问店员，我要找一本书，他很可能得查电脑，而且输入的时候还要再三向你确认，是哪个作家？比如钱钟书的“钟”是哪一个“钟”？

（主讲　梁文道）

书天堂

放一把梯子测量灵魂的深度

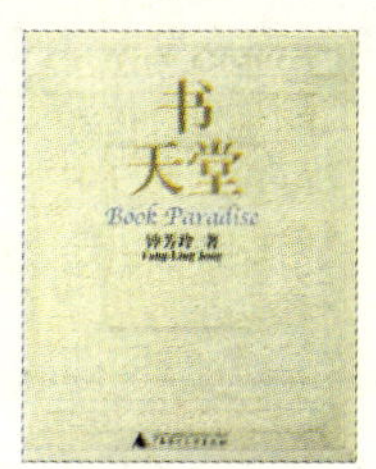

古罗马的西塞罗[1]曾经说过，一个没有书籍的房间就像没有了灵魂的肉体。这话说得真好，但我觉得还不够。在一个摆满书的房间里，最好还要有一把书梯，能够让你爬到更高的书架上拿到自己想看的书。如果一个房间放满了书就有了灵魂的话，我们实在也需要一把书梯摆在那里，以测量灵魂的深度。

---

[1] 马库斯·图留斯·西塞罗（Marcus Tullius Cicero，公元前106－前43），古罗马著名的政治家、演说家、法学家和哲学家，古典共和思想最优秀的代表，罗马文学黄金时代的天才作家，著有《论修辞学的发明》《论至善和至恶》《论神性》等。

可惜我家楼顶特别矮，地方也不大，用不着书梯就能拿到我想要的书了。因此每当我看到一些图书馆或者大藏书家的书房里面有书梯，心里总是特别羡慕。尤其当我知道原来纽约有一家叫普特南公司（Putnam Rolling Ladder Company）的商店，专门给顾客订做书梯，而且已经有了一百多年历史，就更加心痒了。

还好有这种心结的人不止我一个，《书天堂》的作者钟芳玲就是一个爱书成癖的奇人。她当年在美国念哲学博士，读到一半突然发现，自己其实对古腾堡圣经[1]的喜爱远胜亚里士多德，于是毅然放弃学业，从此转向与书有关的行业。

她的职业到底是什么呢？我总觉得她每天的工作其实就是逛书店，而且逛遍了全世界的书店。《书天堂》写的不止是书店的故事，还牵涉到所有与书这个行业有关的人和事。比如她曾专门跑到纽约去拜访普特南书梯公司，甚至跟公司负责人深入讨论书梯的历史。

---

[1] 古腾堡圣经，又名四十二行圣经，是拉丁文公认最早的《圣经》印刷品，于1454年到1455年间在德国美因兹采用活字印刷术印刷。这套圣经是最著名的古版书，它的产生标志着西方图书批量生产的开始。据说第一批共印刷180套，40套印在羊皮上，另外140套印在纸上。

看到这里，我真是按捺不住了，天啊！我也想要一把普特南公司书梯，好放在书房里衬托整个房间的美观和雅致。为了能够拥有一把这样的书梯，我一定努力赚钱，以便将来能够有一所更大的房子，好名正言顺、顺理成章地用上这样一把书梯。

钟芳玲也说过，其实她也用不着这样一把书梯，但它一直是自己的梦想。没关系，自己实现不了的梦想，看到别人拥有也很高兴。我辈书迷们不会轻易妒忌人家，自己收藏不到的好书，看到别人有了也一样开心，因为从中能看到大家对书的一往情深。

钟芳玲这几年除了参观各地书店，也去过不少古书拍卖会和展览会。这些会上自然聚集了很多珍品，各地的书商都云集一时，爱书成癖的人也来参加，而且许多资深老书虫看上去都特别温文尔雅。钟芳玲有一回跟这些古书商一起吃饭，偶然问了一句："史蒂芬·金的新书直接出网络版了，你们知道吗？"那些书商都不屑一顾，在他们看来，电子书也能称得上“出版”吗?

钟芳玲前一阵又做了一件破天荒的事，她居然在香港搞了一个中国有史以来最大规模的西洋古书展。中国的古书传统源远流长，但对于西方古书市场，我们却很陌生。真不知道她哪来的勇气办这个书展，而且是在香港最贵的商场里联络了几十家欧美及日本最有名望的老店来参加。

展览上最贵的一本书是当年极大撼动了人们宇宙观念的《哥白尼天体运行论》初版，现在价值约一百五十万美金，排在它后面的是莎士比亚全集对开本。这些古书都相当贵重，是有钱人才能玩的。不过对于普通书迷来说，几十上百块的好东西也多得很。

（主讲　梁文道）

古本屋女主人

嫁给旧书店的女人

爱书人都知道，日本东京的神保町旧书街很有名，两边满满的全是旧书店。许多中国作家、学者都喜欢逛这个地方，因为里面也能找到不少中文书。因为历史的原因，很多中文典籍、著作都流传到日本去了，我有一个朋友曾在那儿找到过鲁迅的书信，真是很难得。

《古本屋女主人》讲的就是日本旧书店的故事。在日本，凡是二手书、旧书都叫“古本”，倒并不是专指那种特别稀少的珍本，“古本屋”也就是旧书店了。这本书的作者田中栞是一位经

营旧书店的女性，这就打破了一个惯有的刻板形象，很多人会觉得藏书家都是男的。

比方很多故事说，藏书家怕老婆，因为每次买书回去都要被老婆指责，觉得书把家里的空间都占满了，而且钱都拿去买书了，孩子的奶粉钱怎么办啊，等等。这个故事里有一个潜在假设，就是所有藏书家都是男人。事实上很多女人也很爱书，而且她们痴迷程度说不定还更夸张。

田中栞结过两次婚。第一次嫁的是个编辑，本以为编辑也是爱书人，没想到他却只是把编书当成工作而已。两个人出门旅行的时候，她因为爱书爱过了头，只对书店感兴趣，后来老公说，虽然我也喜欢书，却不像你那么喜欢旧书店。结果这段婚姻维持了三年。第二次她干脆嫁了个旧书店老板，而且结婚的时候声明，不要什么结婚戒指，要一个漂亮的名牌书架就行。大学时代的老师来参加她的婚礼，一来就说，哎哟，原来你老公是个卖旧书的，“你是嫁给他还是嫁给他的书店？”一眼看穿了她的心思。

田中栞从小就喜欢搜集各种印刷品——不要说书了，连小学时候的毕业册、日记、通讯录都悉数保留至今，任何印刷品哪怕是广告目录也会尽量保存，实在没地方放了才不得不丢弃一点。爱书爱到这个程度，她一看到破损的书就会心疼。有一回一本很重要的书泡了水，她就用干净的纸一页一页插进去吸水，然后再换纸再吸，这样连续搞了大半天，才平平整整地吸出了整本书的水分。

后来她生了小孩，孩子从小生活在书店的环境里，自然会跟别的孩子不一样。有时孩子把书页撕下来吞进肚子，拉屎的时候有些没消化的纸也会拉出来，上面还有字。于是她就惊喜地夸赞："哎呀！真是个好孩子，书吃下去，还能拉出一段书来，了不起啊。"这样的孩子长大以后，命运也就可想而知。整个小学阶段的画图日记画的要么是她家的书店要么是外头的书店，如果跟父母一起出门逛街，多半也是往旧书店跑。

不过，这样的家庭也会面临一些问题，因为现在旧书店的经营越来越困难了，一家人的生活也会比较窘迫。田中栞就兼职做校对贴补书店的亏损，总之是舍不得这家书店，一家人就这么风雨同舟，把这个旧书店撑下去。

（主讲　梁文道）

烽火守书人

伊拉克图书馆馆长日记

萨德·伊斯康德，库尔德族，出生于巴格达，1999年获伦敦政治经济学院国际历史博士，曾任伦敦“伊拉克文化论坛”研究员。2003年萨达姆政权被推翻，萨德博士回到伊拉克任国家图书馆暨档案馆馆长。

每次遭遇战争，文化肯定会遭殃。人的生命都在战争中丧失了，文化还能依附在什么地方？但不可忽略的是，战火过后，一个国家、一个民族或一个城市的重建却离不开文化所起的作用。

饱受战火摧残的伊拉克，曾经是两河流域上重要的文明古国，是人类历史文化的发源地，它有多少文化瑰宝都在战乱中被炮火毁掉了。就伊拉克的现状而言，需要很多历史档案和资料文献让这个国家可以重建它的历史记忆和国家认同，但问题是，在这样混乱的时期，有多少人愿意去关注这些看起来非常遥远的事情呢？

《烽火守书人——伊拉克国家图书馆馆长日记》讲述了一个非常感人的故事，曾在全球图书馆界引起轰动。萨德·伊斯康德是库尔德人，曾经加入库尔德游击队对抗萨达姆政权，后来到英国读书，成了一位非常斯文的学者。2003 年美军攻入伊拉克，他接受号召回到巴格达重建自己的国家。

他担任伊拉克国家图书馆馆长，可想而知，经过一番战火的洗劫，当时的伊拉克国家图书馆不仅馆舍毁损严重，图书馆文献也大多被烧被抢，古书、档案、文件遗失了百分之六十，珍善本遗失百分之九十。萨德·伊斯康德认为很多伊拉克重要的国家机密档案都被美国人带走了，还有的则是被别的国家趁战乱偷去的。

这本日记于 2006 年到 2007 年在大英博物馆图书馆（British Library）的网页上刊登，引起了轰动。全世界的图书馆馆长都可以看到自己的同行每天过的是什么样的日子。

每天这个图书馆大概只有一两个小时的供电时间，窗玻璃随时会破，有子弹会扫射进来。办公室随时可能被炸，昨天整理好的一柜书今天又在地上乱成一团，昨天还在上班的同事今天可能就不见了，你甚至会亲眼目睹自己的同事在战火中伤亡。

因为这个图书馆的位置特别险要，什叶、逊尼两派都想争夺，于是两派都跑来找馆长商量，要在图书馆房顶上装机关枪。当时的伊拉克已经乱到了什么程度呢？主管图书馆的文化部可能是逊尼派的，而另外一个部门，像国防部说不定就是什叶派的，两个部门之间自己会打仗。所以每天上班，都会觉得今天可能是最后一天上班了，每天都这么提心吊胆。

在这种情况下，萨德·伊斯康德为什么还要坚持做这个图书馆馆长呢？因为他想为自己的祖国保留一线历史文化的命脉。书里的有些记录相当震撼，比如有一天他被国民卫队的人拿枪指着头恐吓；又有一天有人用警车送回一些馆藏来，而警车是恐怖分子袭击的重要目标；或者又有一天，他的一个同事又牺牲了。

即使萨德馆长记录了一些自己觉得很高兴的事情，读起来也会让人觉得更加难过，因为让他高兴的事情在我们看来都是生活中最微不足道的。比如今天的供电时间是六个小时，本月进馆读书的读者从六十人上升到一百人……看到这些，你只会觉得很心酸。而这些图书馆的馆员热心到什么程度呢？如果有读者进来说想看某本书而馆里没有，他们就会立刻派人出去，冒着炮火和被绑架的危险到市面上买回来。如果买不到，馆长就会通过国际合作寻求支持，因为全世界都知道了这个图书馆的故事，很多人愿意帮助他们，想办法把他们需要的书籍或其他资源送过去。

萨德·伊斯康德馆长也因此成为了一个国际上屡获大奖的文献保护者，但他最后反而放弃了继续写这个日记。他说这会使他觉得不安，这样的日记好像是在剥削自己的同事和族人的苦难生活，拿他们的鲜血和眼泪来博取全世界的同情，而这些都是他不需要的。他想要做的是继续在战火蔓延的混乱局面下做好自己的工作。值得欣慰的是，听说伊拉克最近局面缓和，图书馆的读者人数已经上升到每个月九百人了。

（主讲　梁文道）

理想的下午

初夏荷花时期的爱情

爱到中年

朱天心（1958-），生于台湾高雄，祖籍山东。毕业于台湾大学历史系，少女时期即以小说《击壤歌》一举成名。1992年问世的《想我眷村的兄弟们》，又使她成为“台湾眷村文学第一人”。主要作品有《未了》《古都》《昨日当我年轻时》等。朱天衣、朱天文、朱天心三姐妹及父亲朱西宁均为台湾文坛著名作家。

《初夏荷花时期的爱情》，名字非常诗意，好像在说一段爱情已经走到了初夏荷花绽放的时候。但小说的内容却让人感到秋天已经快要过去，这个时候爱情还存在吗？它会变成什么样子呢？

看过许多爱情小说，这部讲中年夫妻爱情的尤其别开生面。我想大概是因为作者的关系，朱天心写小说喜欢夹叙夹议，能把她庞大的知识体系巧妙地化在各种看似口语化却又经过精心锤炼的修辞里。庸手弄出的数万言辞在她那儿不过短短几句话而已。

故事展开的方式非常奇特，一对中年夫妇，妻子对小津安二郎的名片《东京物语》[1]记忆深刻，尤其喜欢那幅经典剧照——笠

[1]《东京物语》(1953)，被公认为是小津安二郎最为优秀的电影作品，透过一个日本普通家庭的生活，向我们描绘了在传统价值观已然丧失的变革社会中宁静而又怀旧的生活图景。电影讲述一对老迈的夫妇离开他们居住的小镇去东京探望儿女们，他们不可避免地打搅了孩子们的生活，于是儿女们为图省事便开始疏远他们。在这段旅程中，老两口亲历了生活的酸甜苦辣，母亲在回程的列车上染病，不久去世。

智众和他的太太，两位穿戴得整整齐齐的老人非常优雅地坐在桥头上，不晓得望向什么地方，也不知道在喃喃地说着什么。女主人公觉得这种寂寞带有东方美学的味道，她很想有生之年到那个桥上体会一下，想知道电影中的两位老人到底在说些什么，于是她跟丈夫安排了一次旅行，想去体验一下那种时光。

其实这时候，他们夫妻俩在生活中的关系已经相当灰暗了。

妻子曾偷看丈夫少年时期的日记，那时候丈夫正在热烈地追求自己。他在日记里说，最喜欢你温柔的手、你是我所有梦中的情人——他甚至想为她而死。然后她自问，自己如何做过或说过令一个十八岁少年想去死的事呢？也许只是因为第二天的考试你不愿放弃，因此你拒绝过他看电影的邀约，或者陪你搭车回家的要求吧。

这样一直看着这本日记，眼睛热热的。忽然间丈夫回来了，她骇异到捂住口，他如常的坏脸色一定是车位又被某个邻居占

了。这么说她等的既是这个人又不是这个人，在这样一个黄昏，你以为进门的还是那个写日记的少年吗？当年那个不期而遇的少年，见面时穿着学校制服，身上有一种令人晕眩的气息，还没靠近你，就可以让你感觉到电暖炉一样的热度。他总是目光不移地笑着看着你，不管你做什么说什么，如何狂言异语，他都笑着完全接受——怎么会是面前这个进门至今正眼也没看过你的人呢？

多少经历过年少狂热恋爱的中年夫妻，到了最后都会变成这样吧，身体与情感慢慢衰老。朱天心擅长用一些人类学、生物学的现象作比喻，她讲到狮子，交配的时候会打架、叫春、狂热，然后也衰老、死去。但好歹，动物的衰老和死亡之间距离极短，再认真的荒野记录者也很难捕捉到一头公狮的衰老和死亡，但人类的“公狮”却要衰老很久才死，这个过程你得亲眼目睹。

其实不止爱人，朋友也是如此。那些少年时分分秒秒分配的感情泪水，一生对彼此忠贞的要求和检验并不亚于爱人，但那些女性朋友也许在参加完彼此的婚礼之后，就十多年都不相见了。大家潜泳般喘息着埋头在工作和家庭上，再见面时通常是为了互相协助度过伴侣有外遇的那段时间，然后一面安慰对方，一面还要假装不知情地陪吃、陪买、陪聊。再来就是彼此父母入院，去看望的时候借着自己中年累积下来的丰富人脉，互相介绍哪里有名医，哪里有偏方。然后就是父母丧礼，要互相撑场面，因为这时候留下来的亲友本就不多了。再后来也许是彼此丧礼的送别吧。这是多么悲哀的故事。

故事中，女主角终于和丈夫一起来到东京，那也是他们年轻时曾游玩过的地方。以前每次去异国旅游，他们都觉得很快乐，到了旅馆就要做爱。而这时，他们已经老了——其实还不算太老，但走在路上会嫌人多，想去搭车，不想再走路。最后终于到了《东京物语》里的那座桥，她忽然知道那对老夫妇喟叹的是什么了。他们所感慨的不是什么充满美感的寂寞，而是觉得自己现在吃不动了，走不动了，也做不动了，回忆起往事更是一无是处，就是这样而已。

这是小说写得最妙的地方，看到这里你已经非常入戏了，但忽然之间小说家又跳出来说，我们不要这样的结局，我们再来一个。然后转过来再为这对中年夫妇写下另一个结局，故事中穿插着其他场景，包括史前人类也许会遇到的中年危机……这样一来，小说已不再是一个单纯的故事，而是一种对即将迈入暮年的中年人的爱情应该怎样走下去的评议。

（主讲　梁文道）

乱来

亦庄亦谐的毛尖

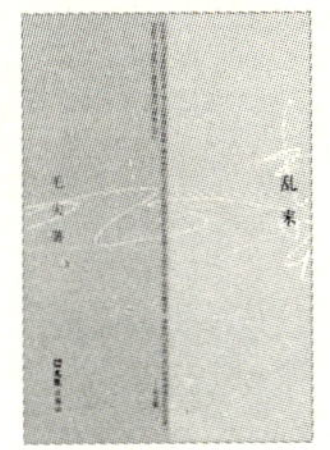

毛尖，宁波人，专栏作家，华东师范大学对外汉语系教师、中国现代思想文化研究所城市文化研究中心研究员。著有《非常罪，非常美——毛尖电影笔记》《乱来》等。

写作这件事真的要靠才华，并不是书读得越多写得就越好，书读得多只能保证你写的东西基本通顺，不易犯错而已。真正要写好写出彩，还得靠才华。

如今网络写作流行，很多人在博客上写，喜欢追求一些特别花哨的东西，或者玩弄一些文字上的小技巧藉此搞笑，比如错别字的成语或故意讲反的譬喻。但这很容易会变成所谓的“奇技淫巧”，只有真正有才华的人才能把它提升到另一个层次上去。

毛尖就是这样一位作家，她的杂文和散文现在越来越受欢迎了。《乱来》光看书名就知道很有趣，她的文字才气洋溢，自有一种聪明狡黠在里面。尤其当她准备损一些人的时候，效果会特别强烈。书中有一篇《说起阿城》，她这样讲：谈到阿城，朋友看她听得痴了，同情兼自豪，安慰说，你也用不着这样，迷阿城的人多了去，台湾有个作家，听到阿城的名字，马上得扶住墙。

还听说，一阿迷，考验女友的唯一手段就是背诵阿城，而且难度系数逐年升高，活生生把自己逼成了苦涩的同志哥。一个接住他的暗语说出“蛮好，蛮好，你的棋蛮好”的人，是个有妇之夫。

她讲孙甘露，那是好几年前了，她还在读大学，孙甘露老师比现在要苗条，他来我们学校图书馆参加一个会议。自然，他一进来，便秦罗敷似的引起会场的一阵骚动。人长得好，已经难得；还是个男人，更难得；男人还写小说，写迷幻诗，那就是“人头马”了。会议进行着，会场里的女生越来越多，到中场休息的时候，举办方不得不换了个大会议厅，然而孙老师却浑然不觉会议的主题已经改变，只顾在那里用他水汪汪的眼神荼毒生灵。

文艺圈很多人都知道，毛尖写人之毒辣、搞笑是出了名的，她甚至会生造出一些段子来开朋友玩笑。所以你当谁的朋友都好，千万别当毛尖的，如果她随便替你制造一些绯闻出来，使别人都信以为真，就不好了。

毛尖过去是研究电影的，所以很关心现在的娱乐文化，讲到央视春晚，她写道，看到主持人倪萍的身影，我想很多观众条件反射地眼眶就湿了，套句李宗盛的歌词，“她总能平白无故地，让人难过起来”。当然，央视制造的催泪大姐大，叫人难过的事情总是正面的。毛尖就有这样的聪明，莫名其妙引一句李宗盛的歌词进来，奇妙又好笑。

书中还有一些她对中国电影现状的评论：自然，红地毯上的剧组，我们总有一半没有听说过。但是，中国电影的确起飞了。你看，评委会为难啊，这么多优秀的电影和影人，最佳给谁好呢？算了，还是老办法，双胞胎，赵薇、章子怡一起影后，胡军、濮存昕一起影帝，尹力、陆川一起最佳导演，至于最佳故事片，一溜下了十个。计划生育办公室看到了，就说“现在你知道我们开展工作的难处了吧！”

毛尖同时也是个教授，有时候她的聪明诡计遇到学生还真的没办法。她教的是美国文学，有一次布置一篇作业，让学生比较一个中国作家跟海明威。结果有个同学说，在中国作家中和海明威有一拼的只有一个人，这个人就是，就是……就是痞子蔡。她当时只觉得世道反了，但是，海明威就不能和痞子蔡比吗？请看他的比较：“他们的句子都很短，都有很多句号，他们都是迷惘一代，再有，他们都热爱女性！”后面还有更狠的，有个同学比较了海明威和罗贯中，“因为他们都描写了战争”；比较海明威和郁达夫，说“他们都经历过异国的苦闷生活”；比较海明威和张爱玲的，说“他们都走自己的路，让别人说去吧”。足以证明现在的学生有多么厉害，可是像这样讽刺学生的话也不能讲太多，否则会被人骂，果然书后面就写到学生怎样揭她老底。

近年来毛尖的文章也有了不少变化，这在《乱来》里愈加明显。她是一个在生活和文字上都很有小资情调，爱开一些无伤大雅的小玩笑的人，但在学术思想上却倾向于新左派。两者之间该如何协调？如何既在新左派的号召下关注弱势群体，又不放弃自己用饭桌上酒酣耳热之后的那种开玩笑的态度去写东西？在这本集子里，每当谈到社会现实，她的玩笑就会变得有点隐晦，而在完全不开玩笑的时候，她的文章写得才真是叫好。

比如《民间爱情》：帮我带孩子的顾阿姨，五十几岁，腿脚不是很灵便了，而小孩却到了草上飞的阶段，于是，另外找了年轻的阿姨来替她。作为一个新左派，你就这么炒一个阿姨，于心何忍呢？后来，她一直写她看到这个阿姨怎样骑车，怎样在喷水池边眺望街景，怎样坐在她家楼下门房外面织绒线，而保安则帮她把绒线放出来。

《乱来》所谈及的事物不是因为分明而可笑，而是因为太过分明而可笑。而那些最可笑的人物多半都由她的朋友出演，朋友们也借此获得了比现实生活更戏剧的人生，他们甚至希望自己真的有那样电影式的遭遇，以便和这个绚烂的时代保持平衡。

（主讲　梁文道）

理想的下午

虽不能至，心向往之

舒国治，1952年生于台北，原籍浙江。初习电影，后专注于文学，以短篇小说《村人遇难记》备受文坛瞩目。曾旅居美国多年，著有《理想的下午》《门外汉的京都》《流浪集》《台北小吃札记》《穷中谈吃》等。

舒国治的散文在台湾很受欢迎。介绍他的文章之前，我们能否先思考一个问题：到底什么是散文？经过余秋雨先生“文化大散文”的洗礼之后，很多人写起文章来都不自觉地想要去追求一种大境界，哪怕是在写杂文，也强调以小观大，好像总得在文章里谈出些大道理来才行，否则就不算是好散文。

这样的态度并非不好，余秋雨先生的文章也确实不错。问题是，轻轻松松，悠悠闲闲，难道不能写成好文章吗？中国自古以来的散文传统就有“以小观小”的写法，周作人曾认真区分过“文以载道”与“诗言志”的区别，在我看来，舒国治先生的散文就是言志派。

很多人都觉得舒国治的散文特别古雅，《理想的下午》就是一种很老派的写法。这种“古意”其实不单来自于他的文笔，更多是他的某种态度。文中写道：“理想的下午当消失在理想的地方，通常这个地方是在城市。幽静田村，风景美极，空气水质好极，却是清晨夜晚都好，下午难免苦长……理想的下午，要有理想的街树。这也是城市与田村之不同处。田村若有树，必是成林的作物，已难供人徜徉其间。再怎么壁垒雄奇的古城，也需有扶疏掩映的街树，以柔缓人的眼界，以渐次遮藏它枝叶后的另一股轩昂器宇，予人那份‘不尽’之感。”

他不讲什么大道理，虽是些花鸟虫鱼类的小事，却也不乏见地。这见地来自于作者对生活细节的独特感受：理想的下午，要有理想的阵雨。霎时雷电交加，雨点倾落，人竟然措手不及，不知所是。然理想的阵雨，要有理想的遮棚，可在其下避上一阵。最好是茶棚，趁机喝碗热茶，驱一驱浮汗，抹一抹鼻尖浮油。就近有咖啡馆也好，咖啡上撒些肉桂粉，吃一片橘皮丝蛋糕，催宣身上的潮腻。俄顷雨停，一洗天青，人从檐下走出，何其美好的感觉。若这是自三十年代北京中山公园的‘来今雨轩’走出来，定然是最潇洒的一刻下午。

好的文字总是能打开人的某种感官能力，把世界变得更丰富、更立体。舒国治的文字就开启了我们对某些人生细节的美学感知。遇见雷阵雨本来不会多么愉快，但作者却从一个新的角度用一种感性的方法来观察它，把它变成一件让人愉悦的事情。

平日里我们也会有下午睡懒觉的时候，作者却连赖床都能写成文章："躺在床上，早已醒来，却无意起来。前一晚平放了八九个钟头的体态已然放够，前一晚眠寐中潜游万里的梦行也已停歇；然这身懒骨犹愿放着，梦尽后的游丝犹想飘着。这游丝不即不离，勿助勿忘，一会儿昏昏默默，似又要返回睡境；一会儿源源汩汩，似又想上游于泥丸。身静于杳冥之中，心澄于无何有之乡。刹那间一点灵光，如黍米之大，在心田中宛转悠然，聚而不散，渐充渐盈，似又要凝成意念，构成事情。"经过作者文章的熏陶，我们从此以后对睡懒觉的看法都不一样了。这是一种很现代的写法，然而在一刹那间，你又能从它的节奏感中听出古意"早年的赖床，亦可能凝熔为后日的深情。哪怕这深情未必见恤于良人、得识于世道。"

赖床会赖出什么东西来呢？作者说，只凭看一些人的脸，就可以猜想此人最近有没有赖过床，有的脸像是一辈子不曾赖过床，而赖过床的脸会怎样呢？比较有一番怡然自得之态，像是似有所寄、似有所遥想，却又不甚费力的那种遥想。

赖床也分上品跟下品："要赖床赖得好，常在于赖任何事赖得好。亦即，要能待停深久。譬似过日子，过一天就要像长长足足地过它一天，而不是过很多的分，过很多的秒。那种每一事只蜻蜓点水，这沾一下，那沾一下，急急顿顿，随时看表，到处赶场，每一段皆只一起便休，是最不能享受事情的。”

这话说得太好了，简直就像是在指责我，正所谓“虽不能至，心向往之”。我敢肯定作者是一个会赖床的人，但听说他也好旅游，所以才能看出像我这种整日急急忙忙赶出差的人所看不到的东西。

（主讲　梁文道）

房间

写作是发现异己的过程

李智良，1975年生于香港，香港大学比较文学系哲学硕士，诗人、作家。评论与创作文字多见于《字花》《文学双月刊》《明报》等。2008年出版散文集《房间》。

我们常说，好的文章是你能用语言文字表达自己的真情实感，但用来表达情感的语言文字是你自己的东西吗？不是。语言文字是社会共同拥有的一种沟通工具。换言之，你写文章的时候，不可能是纯粹自我的表达，一定是透过一个本来不属于你的公共媒介去表达自己。在这个过程中，你跟语言之间的距离就是你跟社会、集体的距离。

《房间》的作者李智良是一位非常年轻的香港人。他还有一个画漫画的弟弟叫李智海，两兄弟称得上是近年香港文艺界的奇葩。哥哥的文章与弟弟的漫画都表现出一种类似卡夫卡的阴郁格调，极具欧陆色彩。

李智良在这本书里非常坦诚地描写了自己的身体状况——他是一个精神病患者，表达了很多对社会的真实看法。他在书里详细记述了自己得躁郁症的经过、病中的感受，以及世界在他这样一个病人眼中是什么样的。此外，他还研究自己每天吃的药，探讨这些现代医药如何给了他种种身心的限制等等。

他说精神病患者康复之后常常会被人叫做“精神病患康复者”，他认为这个词本身就有问题，因为并不是所有病人好了之后都被称作康复者。你听过“感冒康复者”吗？听过“肠炎康复者”吗？但我们会说“精神病康复者”，这恰恰说明精神病是一种非同一般的病。这种病谈得上康复者，就可见它是一种身份，我们不会说感冒康复者，因为感冒不是一种身份，精神病患却是一种身份。一个人要是有精神病，我们就会觉得这个人身上有一些特别的东西，他跟别人不同。哪怕他好了，我们仍然无法把他身上这个烙印完全摘去。

他还叙述了自己吃药的感受，刚开始得病时，他还对吃药抱有希望，觉得一两年后自己会康复。但是慢慢发现吃药成了另一种戒不掉的瘾，很多精神病患者都在常年服药，而医生总是跟他们说“等你稳定一点我们再减药”。因此他说，为什么我们这个社会总是要那么强调稳定呢？稳定的工作收入、稳定的情侣关系、稳定的情绪、稳定的性生活、稳定的家庭、稳定的药物血含量和内脏功能，为什么我们事事都要求稳定？稳定真的那么重要吗？

他从自己身上，开始思考病人与社会的关系，进而对整个社会的公共秩序和生活进行全盘地观察。我们平常关心的都是些公共领域的事情，而私生活却是个亟待发掘、直视的巨大库藏，它貌似晦暗、轻薄却指向一种深邃不明，犹如古老石堤拦着的大水，惨绿的早阳停驻在近岸的油光之中。

事实上他写这些东西并不是为了挑战公与私的界限，而是想从一个病人的角度将公共与私人的问题加以整合。他发现，所谓的精神病人并不只是个人身上发生的私事，更多意味着他与社会的关系。从这个角度他开始考虑到底什么是社会？什么是公共？所谓的公共生活是建立在私人对立面的，但“私人”本身就常常是摇移模糊的，如果它自身都不能稳定，公众或公共生活又怎么能够稳定呢？这是很多所谓正常人从来没有注意过的现象和问题。

书里有篇文章是讲“声音”的，因为他总是睡不好觉，哪怕一个人住，也常常觉得耳畔总有声音围绕着他，要么是半夜的猫叫，要么是楼下邻居吵架，即便夜深人静，他也会听到一种低低的“嗡嗡隆隆”的声音，这到底是什么声音呢？好久以后的一个晚上，他凌晨回家，走在几栋大厦围拢的屋苑中庭，保安员正在打盹，在停车场的地道口，他突然清楚地听到了那个低鸣，抬头一看，原来是这六栋二十多层的大楼，每层十几户人家的冷气机一起发出的共鸣。

这种声音恐怕一般人很难注意到，但作者却如此敏感。其实李智良的文章对很多人来讲是难读的、晦涩的，甚至有人觉得他的句法都不太通顺。对此，他引述了心仪的法国思想家布朗肖[1]的话："所谓写作，就是要发现异己。把思想里面那个不认识的自己发掘出来，写作永远是遭遇一个相异的人。"

（主讲　梁文道）

[1] 莫里斯·布朗肖（1908-2003），法国作家、文学批评家、理论家，他一直倾向于把文学看作更为严肃的哲学问题，关注文学的可能性或者文学对思想提出的明确要求。布朗肖的思想影响了整整一代人，包括萨特、福柯、罗兰·巴特等。主要著作有《火的作品》（1949）《文学空间》（1955）和《灾难书写》（1980）等。

午夜之门

流浪者之歌

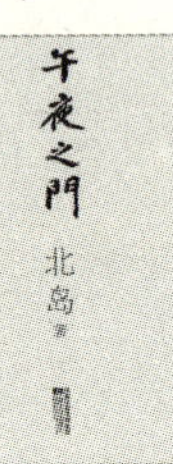

北岛，原名赵振开，1949年生于北京。1978年与诗人芒克创办诗刊《今天》，成为朦胧诗歌的代表。上世纪八十年代末移居国外，作品被译成二十余种文字，当选美国艺术文学院终身荣誉院士。著有《北岛诗选》《归来的陌生人》《在天涯》《零度以上的风景线》等。

曾经有一段时期，许多台湾或海外华人作家的作品，我们在大陆是不容易看到的，但是现在情况改观了，这些东西我们陆续都可以读到了。可是还有一类作家，他们虽然是大陆出生的，但是他们后来的作品我们却反而不容易读到，比如已经跟大陆读者隔绝了很久的诗人北岛。

所幸最近几年，北岛的一些集子也陆续在大陆出版了。《午夜之门》《青灯》和《蓝房子》正是北岛最近出的散文集。很多人都说，没想到北岛的散文也写得这样好。为什么要加个“没想到”呢？因为在大家心目中，他首先是一个诗人。虽然作者早年也曾经以赵振开的名字出版过小说《波动》，但是大家对他的印象却仍旧是那个以诗歌见长的“了不起的大诗人”。

其实一个人倘若诗写得好，散文通常写得也很妙。《青灯》

里有一篇《远行》，是献给已逝的蔡其矫[1]先生的。北岛在海外多年，有一年在香港要来了蔡其矫的电话，便打电话给这位二十年不见的老友。“蔡老听到是我，甚喜。我约他到香港相见，他长叹道：‘恐怕不行了，我88岁，老喽。’东拉西扯，从朋友到海洋。谁成想，那竟是我们最后一次通话。满天星斗连成一片，璀璨迷离。看来总得有最后一次，否则人生更轻更贱。”

这句“什么事儿都得有最后一次，否则人生更轻更贱”是无可置疑的。因为一个人如果长生不老，他生命中的任何事情就都没有意义了。可是为什么前面还要有一句“满天星斗连成一片，璀璨迷离”呢？在我看来，这不是通常所见的散文家的写法，而是一个诗人的写法，把两个表面看起来不能直接发生关系的句子并置在一起，反倒产生一种特殊的效果。

《午夜之门》里有一篇《巴黎故事》，在巴黎的时候，“我住威尼斯街（Rue de Venise）七号。威尼斯街两米来宽，百十米长，恐怕是巴黎最短小的胡同了。它紧挨蓬皮杜中心，像巨大广场的

---

[1] 蔡其矫（1918–2007），诗人，1940–1942年任华北联合大学文学系教员，1945年任晋察冀军区司令部作战处军事报导参谋，1949–1952年任中央人民政府情报总署东南亚科长，1952–1957年任中国作家协会文学讲习所教员、教研室主任，1958年任汉口长江流域规划办公室政治部宣传部长，1959年任福建作家协会专业作家、副主席、名誉主席、顾问。

一道褶皱，不易察觉，很少有游客钻进来。而我们这些居民却获得了某种类似虱子的隐蔽视野，比如，从胡同深处可看到蓬皮杜中心新建的巨大电视屏幕，好像乡下人对现代化的窥视。”“褶皱”和“虱子”的比喻都非常生动、有趣。

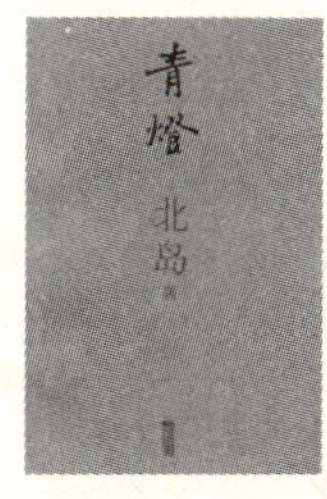

有一篇关于美国大诗人盖瑞·施耐德[1]的文章。这位曾经是“垮掉一代”的重要人物，现在大学教书，他热爱环保运动，受佛教文化影响很深，在积极推广佛学的同时也没有放弃自己的文学创作。有一年，北岛去他们家，看到他的太太病情严重，要到华盛顿做第二次手术，于是约好等太太身体复原了再来做客。“这是个很渺茫的承诺，但我们每个人都会珍藏它。这承诺已存在了

[1] 盖瑞·施耐德(Gary Snyder,1930-)，美国诗人、散文家、禅宗信徒、环保主义者，曾被认为是“垮掉派”诗歌的代表人物。他深受东方文化尤其禅宗思想的影响，曾东渡日本，娶日本妻子，并先后三次出家。1969年回到美国，定居于加利福尼亚北部山区，过着非常简朴的生活。1985年成为加利福尼亚大学戴维斯分校的教授，同时继续广泛游历、阅读和讲学，并致力于环境保护，2003年当选为美国诗人学院院士。

四万年。”为什么是“四万年”？没有解释，也不需要解释，整个一地老天荒的感觉。像他写盖瑞·施耐德脸上的皱纹，“像古墓一般的沉稳”，两处的气息贯通起来。

北岛说当年刚开始写诗的时候，写完总要朗诵，有一篇《朗诵记》形容当时的情形，想起小时候，譬如文化革命时期流行集体朗诵，“由毛泽东领读，排在后面的难免跟走了样，变成反动口号。再说按中央台的发音，听起来有问题：好像全国人民一句句纠正他老人家沙哑的湘潭口音。”

中国自古就是一个散文大国，古今散文的写法却截然不同。过去用文言文，今天用白话，像林语堂、周作人或吴鲁芹这样的作者是能够把现代与古典嫁接起来的，然而到了现在，我们该怎样把这条路继续走下去呢？

关于这一点，北岛说，“写散文跟任何行当一样，恐怕越学越难，由于从头校对，我得以回溯源头纵览路向，真怀疑自己有多少长进。俗话说：初生牛犊不怕虎，等牛壮实了，老了，大概连猫都怕。这是写作自觉与自由的悖论。”没错，你越是清楚，你就越好像觉得这个东西不容易做了。他说，“现代汉语或白话文，从‘五四’算起才不过 90 年，与古汉语相比，无疑是年轻的语言。现代汉语因为年轻而不成熟，因不成熟而有无限发展的可能，对用它写作的人来说，可谓生逢其时。”

换言之，北岛认为当下正是写作的大好时机，每一个写散文的人都可以尝试不同的路线。有些人注重文辞上的雕琢，比如现在很多读者就非常在意一篇文章的文采好不好，但什么叫做“文采”呢？却又是一个似是而非的概念。像毛尖那种写法，自然让人觉得文采不错，陈丹青和余秋雨的文采当然也很好。而无论是民国的吴鲁芹抑或是现在的北岛，他们写起散文来反而不那么注重词汇上的雕琢，而是用心去结构整个句子和篇章。吴鲁芹的写法更古典一些，北岛则擅长运用诗意的想象和比喻，他的文字间永远有一种挥之不去的沧桑感。

北岛也很幽默，他讲到在布拉格开一个文学会议，是大陆的地下流亡文学杂志《今天》和捷克文学杂志《手枪评论》的同仁聚在一起开会，共同讨论大家当年的处境。“临走头天晚上，在一个中世纪的地窖里为我们举办了诗歌朗诵会。散场后，突然一个天仙般的女人出现，马丁介绍说，这是《手枪评论》新任总编辑。她落落大方，在我们桌旁坐下，引起中国文学的一次骚动。”因为来的这帮都是中国作家，“她说她正在写一篇戏剧评论，李欧梵的脑门儿发亮，对捷克戏剧给予高度评价；张枣端着香烟，猛烈抨击美国霸权文化的入侵；只有麦平咪咪笑，话不多；我忘了我说什么了，肯定也语无伦次，我琢磨，一个由美女领导的刊物，大概工作效率极高。若她向李欧梵约稿，必应声而至，用不着像我那样得磨破嘴皮子。”

看到此处，你虽然觉得好笑，又不会失声大笑，幽默融于作者对这个世界严酷而冷静的关照中。有一天，北岛在巴黎遇到一位上世纪八十年代的大陆学者，两人一起喝酒聊天。“可以想象当年他在北京授课的风采，如今他远离文化中心，忙于生计，难得有我们这样忠实的听客。他咂着白干，掰开大拇指，古今中外那点儿事被他一一道来。酒过三巡，最后说到海外的生活，不免有些黯然了，我们告辞出门，夜凉如水。”

“我们告辞出门，夜凉如水”，用这样一句话结束是意味深长的，这也是北岛过去二十年来海外生活的某种总结。有一篇《搬家记》讲述自己如何在短短六年间搬了七个国家，有时候是正教着书被人赶跑的，有时候则是为了去开会或完成某个写作计划，甚至还到过战场……总之是四海飘零。在这个过程中，他见过很多人，认识了很多朋友，相识或深或浅，看过了太多世态炎凉。

故国不能回，漂泊对他的意义何在？他关注那些游离海外的中国人，《赌博记》写到，说起中国人在海外赌博，那故事就多了。中国人好赌，我想这和我们民族的非理性倾向有关。赌场人多，大家都是五湖四海，为了一个共同目标走到一起来的，没有什么语言文化上的障碍，只要一比划，意思谁都懂。这也说明了为什么漂流在外的中国人都喜欢去赌场，那真是一个相聚的好地方！

（主讲　梁文道）

吴鲁芹散文选

文人多牢骚

吴鲁芹（1918-1983），本名吴鸿藻，字鲁芹，上海人。1956年与夏济安、林以亮等创办《文学杂志》。1962年赴美，在多所大学讲授比较文学，后任职于美国新闻总署。学贯中西，以散文随笔之博通蕴藉驰名文坛。著有《师友·文章》《美国去来》《瞎三话四集》《暮云集》等。

最近几年出版业开放多了，我们有机会看到一些 1949 年以后离开大陆、去了台湾或海外的老辈文人的东西。一来他们白话文的文法与今天大陆流行的不同，二来他们自幼便接受良好的中西教育、对中国典籍和西方文学驾轻就熟，两者糅合起来，使得他们的文体读起来非常特别，比如这本《吴鲁芹散文选》。

吴先生可谓是早一辈的民国文人，1918 年生于上海，毕业于武汉大学，曾在台湾师范大学和台湾大学外文系任教，之后去了美国，后半生基本上都在美国度过。他的文章近两年开始在大陆出版，这本《吴鲁芹散文选》是由他的学生齐邦媛编的。

吴鲁芹的散文有什么特点呢？第一，文字特别。他们那一代人的文章，不知道为什么，总觉得比今天的白话文有味道。那种味道源于一种深厚的古文训练基础，在遣词造句时会自然地渗透出来，无论引一诗或一典故，读起来都好像天衣无缝。

同时他又有点过去“论语派”[1]文人的风格，非常幽默。比如《置电话记》写当年电话这个东西刚刚在台湾出现，他太太有一天跟他说“我们家是不是也该装电话了”，然后两个人讨论该不该装的问题，他不置可否。但过了一会，太太又重述了一遍：“那样的话，就方便多了。”她当然是很希望装的。

作者说，这同其他议案一样，本可以无疾而终，但是不知怎么，这次毫不热烈的讨论给小姐（吴鲁芹的女儿）听到了，而且好像引起了她莫大的兴趣。小姐说“我们早就该装的”。早在什么时候呢？小姐当时的十足年龄是六岁有半，然而同别的二十世纪的进步家庭一样，儿童是明天国家的主人翁，是今天吾家的主人翁，主人翁的话虽然不一定有分量，但是年幼无知，记忆力特强，而且似乎已受到不达目的而不止的革命熏陶，时时会提醒起议而未决的案件来，使无情时光的流泻并无助于拖延，而且两个人的声音总要比独白来得更为理直气壮。

这样简单家常的一件事，作者写来却丝毫不使人感到啰嗦，

---

[1] 现代文学流派，因《论语》半月刊而得名。《论语》于 1932 年 9 月 16 日在上海创刊，林语堂主编，以刊登小品文为主，提倡幽默、闲适、性灵，主张“以自我为中心，以闲适为笔调”，采取与政治保持距离的自由主义立场。1934 年后，以鲁迅为代表的革命文学阵营对“论语派”进行批评，认为其在民族矛盾、阶级矛盾日益尖锐的 30 年代起了麻痹人民群众、引导青年逃避现实斗争的不良作用。

因为这些句子的延伸并不是为了修饰而纯粹是去造句。现在很多人写文章，大概是小学学造句作文学坏了，有一种造句训练叫延长句式，把一句本来简单的话拼命延长，结果很容易形成一种累赘的文风。而吴鲁芹的文章古朴清简，即使把简单的事情写得很长，也不会让人感到厌烦，反而觉得有趣，一层一层新意叠加上去，不断衍生。

吴鲁芹是大学教授，颇有学问，但他总爱说自己是个俗人。

“说老实话，我手边的钱若仅够糊口，一定先买大饼，次及典籍。我大约生来就缺少诗人气质，起早，通常是为了赶路，不是为了看花；虽然也喜欢坐在院子里看月亮，到该睡的时候，还是蒙头大睡，并不会舍不得室外的清光；总而言之，是个俗人。……当年将近二十岁的时候，照说是诗人气质占上风的年纪，但是记得有一次，在一本《牛津诗选》与一个月的伙食二者不可兼得的情形之下，我还是毫不犹豫先缴清了伙食钱。

“因为自己写散文，所以就特别关心散文问题。有篇《散文何以式微》，认为无论西文还是中文，都已经出现了散文式微的问题。因为今天这个时代，是个‘打岔’的时代，无论晨昏，都随时有‘打岔’的事和‘打岔’的人。好的散文要靠文字的纯正，如今纯正的文字，却要逐渐绝迹了。取而代之的是好莱坞写宣传稿式的一味夸张，用最美丽的字眼，去形容一堆垃圾，把原先有意义的东西，贬到不值一文。”

这番话说得真好，我完全赞成。三十多年前他看到的问题，到今天似乎愈演愈烈了。

吴鲁芹喜欢拿文人开玩笑，《论读书人与怀才不遇》里说，不管是见到木匠、瓦匠还是理发匠，只要面呈怀才不遇之色，口出怀才不遇之牢骚者，大约都读过一点书，都能动动笔，是个读书人。这并不是坏事。问题是，他们都有治国平天下之志，又自以为有治国平天下之才，于是眼睛就只会巴巴地往高处看了……

《文人与无行》又说，“其实文人若真有无行之处，他的无行便在其能为别人的无行做掩饰。从替死人做墓志铭，进步到替活人做墓志铭。”这话说得太好了，看看我们今天的文章，有多少人写东西是在为活人做墓志铭呢？

（主讲　梁文道）

听见 100% 的村上春树

文字的音乐

杰·鲁宾，美国哈佛大学日文系教授，翻译过多部村上春树的小说，1993 年开始研究村上春树，声称自己对其作品着迷至极。

村上春树在整个大陆乃至华人世界都非常红，我真不知道该从他哪一部作品介绍起。不要说作品，现在连研究他的书都非常多，像最近在全亚洲都很火的《1Q84》，刚刚出了不到一年，就有两本专门研究它的书。

有些书采取的是一种非常强烈的批判态度，比如《听见100% 的村上春树》，作者是美国哈佛大学的日文系教授杰·鲁宾，翻译过好几部村上的作品，书原名“Haruki Murakami and the Music of Words”，直译过来是“村上春树与文字的音乐”。

书一开始就说，其实很多人对村上春树是很不屑的，比如美国一位有名的日本学者三好将夫[1]，就认为村上春树不过是个玩世不恭的写手，没有只言片语是真正出自灵感或内在的创作动机，

[1] 三好将夫，美籍日裔学者，圣地亚哥加利福尼亚大学的日语、英语及比较文学教授。著有《日美文化冲突》，参与编辑《日本与世界》及《后现代主义与日本》等。

所以警告那些沉不住气的学者不要太认真地看待村上，只有少数人才会笨到用力去读他的作品。

杰·鲁宾说，他写这本书的目的就是为了用力去读村上春树的作品。他说村上的作品之所以受欢迎是有一个背景的。村上在早稻田大学念书的时候，正是日本所谓的“安保时代”[1]，很多大学都在搞学运。这些学生运动村上春树也参加过，他说，我乐见学校暴动，也丢过石头与警察对抗，但就个人而言，我觉得构成防御工事以及参加有组织的行动并不纯洁，光是想到手牵手一起示威游行，就让我毛骨悚然。

这种对有组织的学生运动的抗拒是很典型的早期村上春树小说的感觉，小说里的角色经历过那个时代，人生的态度便有些理想幻灭之后的消极。杰·鲁宾还很认真地指出，在村上春树的小说里，第一人称的叙事者英文译作“I”，中文译作“我”，而这个词在日文中却是有分别的。一般小说里用的是比较正式的词，翻

---

[1] “安保时代”，1951年9月8日，日本与美国签订了军事同盟条约《日美安全保障条约》，此条约不仅构成规定日本从属美国的法律依据，而且使美国可以在日本几乎无限制地设立、扩大和使用军事基地。条约执行中，由于连续发生美军暴行事件，引起日本人民的强烈反对。直到1960年，日本人民为该条约进行了约23次全国统一行动，每次参加统一行动的人数少则几百万，多则上千万。斗争规模之大，时间之久，参加阶层之广泛，在日本历史上前所未有。最终迫使艾森豪威尔取消访日计划，岸信介下台。1972年5月，美国把冲绳归还日本。

译成汉字是“私”，但村上春树喜欢用“仆”，这是一种比较平等的、非正式的用法。他笔下的“仆”就是经过了学运时代的人。

村上早期的作品，常常是一个二三十岁的年轻人，记录下自己十年来的生活，讲述一路走过的混乱不安。他见识过死亡和幻灭，但并没有变成神经质的艺术家或杰出的知识分子，仍然频繁地喝啤酒，嗜好棒球、摇滚、爵士，喜欢女孩和性爱，但又不至于耽溺沉沦，对同床女子也温柔体贴。他不是一个高大全的人物，就像邻家哥哥，这恰恰是让很多读者尤其是男性读者喜欢的原因。

村上的小说里经常出现很多数字，比如 78 个死亡、78 个沉默、312 只脚站着……数字是对记忆的精确表达，但往往是些微不足道的事，真正该记忆的沉重反而被忽略掉了。村上对细节的把握有种虚无幻灭的感觉，常常有些怀旧，但“旧”真的存在吗？

杰·鲁宾说，村上其实是以普鲁斯特为榜样，喜欢进入内心的记忆世界探险，但二者的截然不同之处在于村上的书不会呆板无趣。你可以像读昆恩[1]的侦探小说一样一口气读完，是适合这

---

[1] 艾勒里·昆恩（Ellery Queen）是系列推理小说中的侦探，也是该系列推理小说的作者之笔名。艾勒里·昆恩被誉为美国首席古典推理大师，其实“他”是一对来自美国纽约布鲁克林的表兄弟：佛德列克·丹奈（Frederic Dannay, 1905-1982）与曼佛雷德·李（Manfred Bennington Lee, 1905-1971），主要作品有《罗马帽子的秘密》《希腊棺材的秘密》《凶手是狐》等。

种高度商业化社会的、低胆固醇时代的清淡型普鲁斯特。

因此，村上春树的书既有严肃的一面，又能博得大众的欢心。他处理很大的题目也能给人轻飘飘的感觉。他自己也在访谈里说，今天的小说家不能再期待读者花时间和精力去了解艰深的故事，因为有太多的娱乐项目在等着他们，现代作家的责任就是娱乐读者。村上的一些读者告诉他说，看着你的书就想喝啤酒，或者在地铁里读他的小说，笑得太大声了，事后会觉得不好意思。村上说，这些回应让我很高兴。

杰·鲁宾说，其实后来的村上春树变得不一样了，因为他发现自己非常喜欢大江健三郎[1]，这位作家被公认是日本文学的良心。另外一位他很敬重的前辈是中上健次[2]，在中上健次去世之后，他忽然意识到上一代那些有良心的作家已经很老了，而接下来的担子要轮到自己这一代来承担，于是他觉得，也许需要做一些转型。

（主讲　梁文道）

[1]　大江健三郎（1935-），日本作家，1959年东京大学法文系毕业，著有《迟到的青年》《个人的体验》《万延元年的足球队》《燃烧的绿树》等。先后获日本谷崎润一郎奖、瑞典诺贝尔文学奖、意大利蒙特罗文学奖。

[2]　中上健次（1946-1992），日本当代著名作家，著有《凤仙花》《纪伊物语》《奇迹》《赞歌》等，1976年获芥川奖。

笑忘录

关于遗忘和布拉格

米兰·昆德拉（Milan Kundera，1929-），捷克小说家。1967年第一部长篇小说《玩笑》获得巨大成功。主要作品有《小说的艺术》《不能承受的生命之轻》等。曾多次获得国际文学奖，并多次被提名为诺贝尔文学奖候选人。

《笑忘录》1979 年在法国出版，一出世便引起西方舆论界的高度关注，也给作者带来了意想不到的灾难。当时的捷克政府以此书非法出版为由，剥夺了米兰·昆德拉的国籍，不过也从另一方面成就了他驰名国际的文学家声誉。这本书曾荣获法国文坛的最高荣誉“梅第奇大奖”（Premio Médicis）。

小说的开篇这样写道：1948 年，共产党领袖哥特瓦尔德站在布拉格一座巴罗克式宫殿的阳台上，向聚集在老城广场的数十万公民发表演说，紧靠在他身边站着的是克莱门蒂斯[1]。当时正

[1] 1949年前后，由于斯大林的大国沙文主义，在苏南贸易关系上的不平等，以及企图干涉南斯拉夫执行独立的对内对外政策和在南斯拉夫建立情报网等原因，使得苏南关系逐步恶化，最后苏联与南斯拉夫的关系公开决裂，铁托等人被诬蔑“在南斯拉夫建立了一个反共的、警察式的和法西斯类型的国家制度”。在此期间，东欧各国开始了大清洗，大批著名的党政领导人以及高级将领因同情南斯拉夫，都被强加上“南斯拉夫间谍”、从事“反对苏联的敌对性活动”等罪名，无辜投入监狱或被处死。1952 年 11 月，时任捷克斯洛伐克外交部长的弗拉迪米尔·克莱门蒂斯等人也被审判处死。

下着雪，天气很冷，克莱门蒂斯关怀备至地摘下自己的皮帽，把它戴在哥特瓦尔德头上。四年以后克莱门蒂斯因为叛国罪被处以绞刑，宣传部门便立即让他从历史上消失，自然也从所有的照片上消失了。从此以后哥特瓦尔德就一个人站在阳台上了，从前克莱门蒂斯站的地方只剩下了宫殿的一堵空墙。但是与克莱门蒂斯有关的，还有哥特瓦尔德头上的那顶皮帽，那可是无法抹去的。《笑忘录》讲述了七个故事，其中第四个《失落的信》是核心，因为从这一章开始，女主人公塔米娜出现了。昆德拉说，塔米娜是我所有作品中最让我牵挂的女人，这本书就是为她而写的，她是主要人物也是主要听众，其他所有故事都是她的故事的变奏。

塔米娜是个什么样的女人呢？她是一个流亡西欧的捷克人，由于众所周知的原因，她和丈夫趁着参加旅游团的机会逃离了家乡。为了不引起当局的注意，他们参加旅行团的时候，没敢带上恋爱时的通信和塔米娜的笔记本，也没有把这些东西放在自己以后肯定会被没收的住房中，而是放在了婆婆家里。

不久，塔米娜的丈夫在国外病故了，塔米娜流落到法国一个外省城市当咖啡馆女招待。她一直有一个心愿，就是把丈夫的书信还有自己的笔记从国内带出来。她的女朋友皮皮和一个追求她的男人雨果都曾慷慨许愿要帮助她，但没人理解为什么她如此牵挂这些东西。雨果以为那是一批持不同政见者的文字，塔米娜为了显示这些书信、笔记的重要，并没有加以否认。其实，那只是塔米娜和丈夫恋爱结婚过程中的私人信件和个人日记，这是她精神世界里最宝贵的记忆，她害怕自己有一天会无可救药地忘却过去。

关于记忆，书中有一段感人的描写，那是一个父亲的故事。父亲在生命的最后十年渐渐丧失了言语能力，起初只是记不起某些单词，后来就只能说出很少的字了。每次他想要明确说出自己的想法，往往会回到同一句话——“真奇怪”。当他说“真奇怪”时，眼中流露出的却是知晓一切却什么也说不出口的深深诧异。昆德拉写到：“有些人一无所知，却掌握着大量的词语，而另外一些人无所不知，却一个字都说不出来。”

在另一个故事中，男主人公米雷克也想找回自己落在老情人手里的书信，不过他是为了避免被以危害国家安全罪而受到法律惩罚才这样做的。但是他的老情人兹德娜却坚决不肯把当年的情书还给米雷克。

米兰·昆德拉的作品中永远少不了两性关系的描写，而他笔下的两性关系又常常与时代政治瓜葛在一起。他写道，米雷克和兹德娜第一次做爱时，兹德娜便神情阴郁一脸不快，并对他做爱的方式非常不满意，她批评米雷克说："你做爱的时候就像个知识分子。"

这简直是一种羞辱，因为那个时候"知识分子"在政治用语中是一种辱骂。于是米雷克为了找回政治上的尊严，从第二天开始就表现出一副激情迸发的样子，佯装粗暴地在兹德娜身上运动着，还不时发出长长的低沉的吼叫。

昆德拉说，那就像一只狗在和主人的拖鞋争斗一样。然而米雷克惊讶地发现身下的那个女人非常冷静，她毫无声息，几乎无动于衷。原来这个女人也跟米雷克一样，在性爱中搅和了各种与政治立场及道德形象有关的东西。

在两个人关系的深度隐秘中，也有着个性里不可告人的软弱。兹德娜故意摆出的严正姿态，恰恰是出于对比她年轻的男孩的一种痴情。所以她才要在政治上打垮对方的自尊心，想长期作为对方的政治监护人而拴住对方的爱情。而米雷克对于这个大鼻子女人的爱源于一种内在的胆怯，不是对于政治危险的胆怯，而是因为性格的懦弱。他不敢接近漂亮女人，甚至觉得自己连这个丑陋的女人都配不上。

米兰·昆德拉总能在小说中出奇制胜，揭示出人性中最微妙、最隐秘、最特殊的东西来。《笑忘录》中还有许多精彩的论述，比如昆德拉说，任何男人都有两部色情传记，人们常常说起的一般只是它的第一部，它是由一系列的性爱关系和短暂恋情组成。而其实最有趣的是另一部，是一大群男人想要占有却始终没能得手的女人，那也是一部痛心疾首的、充满未竟之可能的历史。如果还有第三部的话，那就是另一群神秘得令人不安的女人，我们喜欢她们，她们也喜欢我们，但是我们清楚地知道自己不能占有她们，因为她们与我们的关系处在边界的另一边。

（主讲　吕宁思）

不能承受的生命之轻

因爱之名的拷问

米兰·昆德拉的作品，中国人最熟悉的大概是这本《不能承受的生命之轻》了。二十年前，它曾被译成《生命中不能承受之轻》，这个富有哲理的短句在一代人中颇为流行。

现在有翻译家认为，《不能承受的生命之轻》才更符合昆德拉的原意。这本书自 1984 年问世以来，一直是米兰·昆德拉最具影响力的作品。1988 年美国导演菲利普·考夫曼将它改编成电影，获得了巨大成功[1]。

这本小说充满了哲理思考，米兰·昆德拉提出一个命题：尼采说“永恒轮回的想法是最沉重的负担”，认为在永恒轮回的世界里，一举一动都会带给人无法承受的重负；但是重就真的残酷，轻就真的美丽吗？昆德拉写道：在历代的爱情诗中，女人总渴望承受一个男性身体的重量。于是，最沉重的负担同时也成了最强盛的生命力的影像。负担越重，我们的生命越贴近大地，它就越真切实在。相反，当负担完全缺失，人就会变得比空气还轻，就会飘起来，就会远离大地和地上的生命，人也就只是一个半真的存在，其运动也会变得自由而没有意义。

所以昆德拉要问，到底选择什么？是重还是轻？《不能承受的生命之轻》的主角托马斯和特丽莎养了一只名叫卡列宁的小狗，小狗的名字取自托尔斯泰的小说《安娜·卡列尼娜》。托马斯是布拉格一名外科医生，十年前与第一任妻子离婚，这场婚姻留给他的唯一后果是对女人的恐惧。他渴望女人但又害怕她们，在恐惧与渴望之间他必须找到某种妥协，于是他建立了一种性友谊模式。为了确保性友谊永远不在爱的侵略面前让步，他坚持“三”的原则，

[1] 改编电影《布拉格之恋》(The Unbearable Lightness of Being)于1988年上映，被评为1988年美国十佳影片之一，并获奥斯卡提名。

就是可以在短期内去幽会同一个女人，但绝不要超过三次，也可以常年去看同一个女人，但两次幽会时间至少得相隔三周。

但是后来托马斯却打破了上述原则，因为许许多多的偶然产生了一种魔力，使他和特丽莎鬼使神差地结了婚。从此托马斯就一直处于对自己的追问中，一直在思考自己对于特丽莎到底是怎样一种感情。而特丽莎也穷其一生都想弄明白，托马斯到底如何看待自己和别的女人的区别。

苏联的坦克入侵捷克之后，瑞士有一家医院的院长主动提出要给托马斯一份工作，起初托马斯毫不犹豫地拒绝了，后来他发现特丽莎害怕受到迫害想移居国外，于是就像被告接受了判决书一样，接受了这份工作，两个人带着小狗卡列宁到了苏黎士。

在瑞士托马斯遇到了旧情人萨宾娜。这是一个从来没有想过嫁给托马斯，但是对托马斯的性友谊十分赞赏的女画家。托马斯感到特丽莎和萨宾娜代表着他生活的两极，相隔遥远不可调和，但两极却同样美妙。

这样的生活持续了六七个月，有一天特丽莎突然留下一封信独自回国了，这使托马斯顿时陷入了伤心和回忆。他和特丽莎一起生活了七年，这中间他又是隐藏又是假装，还要翻来覆去地证明他是爱她的，十分累人。此刻他才发现，对于这些岁月的回忆远比他们在一起生活的时候更加美好。托马斯意识到自己是需要特丽莎的，但这时候边境已经封闭，特丽莎再也出不来了。

于是托马斯做出了一个重要决定，辞去了苏黎士医院待遇优厚的工作，开车回到布拉格。在布拉格，由于写了一篇令当局不快的文章，又拒绝写公开声明进行自我批评，他失去了工作，被迫离开医院，只能在郊区的乡村诊所工作。再后来因为拒绝成为告密者，他又成了一名玻璃窗擦洗工，整天抗着竹竿，穿越于布拉格的大街小巷去擦那些橱窗玻璃。

这时候托马斯发现人们仍然尊敬他，称他为大夫，并且仍然有许多艳遇在等着他。由于托马斯拒绝妥协和出卖，反而赢得了社会的尊重。后来布拉格的人权团体请他参与联署给总统的请愿书，要求当局释放政治犯。来找他的恰好是他和前妻生的儿子，但是曾经为了正义不怕丢掉医生职业的托马斯却做出了不签字的决定，原因是他不想做任何可能伤害到特丽莎的事。如果他在请愿书上签字，警察就有可能去骚扰特丽莎。

小说最后一章叫“卡列宁的微笑”，特丽莎有一番自省，她一直想弄清楚：托马斯爱我吗？他爱过别人吗？他爱我是否比我爱他更深呢？也许正是这种对爱情的探讨，对其深度的度量以及种种猜测和研究把他们的爱情扼杀了。特丽莎想到自己耗费了一生的精力，甚至滥用女人的软弱来对付托马斯，现在才明白这一切是多么不可理喻。为了证实托马斯是不是真的爱自己，她终于把托马斯拖到了头发花白、筋疲力竭、手指僵直，再也不能握住外科医生的手术刀了。

《不能承受的生命之轻》以被苏联的坦克所蹂躏的布拉格之春为背景而写男女之间的肉体和精神之战。在这最基本的人性战场上，米兰·昆德拉发出了许多精彩的哲学见解。比如关于媚俗，他说：在极权的媚俗之王国，总是先有答案并排除一切新的问题，所以极权的媚俗的真正对手就是爱发问的人，而问题就像裁开了装饰画布的刀，让人们看到隐藏其后的东西。

再比如托马斯认识到罪恶的制度并不是由罪人建立的，而恰恰是由那些确信已经找到了通往天堂唯一道路的积极分子们所建立的。由于天堂并不存在，积极分子也就变成了杀人凶手。

（主讲　吕宁思）

我与父辈

另一种角度看知青

阎连科，1958 年生于河南嵩县，1978 年应征入伍，1980 年开始发表作品。著有《情感狱》《最后一名女知青》《日光流年》等，作品曾获鲁迅文学奖、老舍文学奖等国内外奖项二十余项。

二三十年前，涌现过一批知青文学。后来衰落了，但它的某些影响还在。比如《七十年代》这本书，其中的作者几乎都是下放的知识青年。有人认为那段日子太苦了，自己的光阴被虚耗了，说是去农村向农民学习，帮助农村建设，其实是荒废了人生中正常的求学阶段。

对于这些往事的看法多是从回城知青的角度出发。相反，当年知青下乡的时候，乡里的那些农民对这段历史又有什么样的看法和感受呢？《我与父辈》就描写过去被大家忽略这部分情况。作者阎连科先生过去写的小说常常让人觉得力量强悍，但这本书却回归到一种相当平淡的写作方式，甚至直白到让人有些不习惯。

在这本书里，阎连科谈的是他的父亲、大伯和四叔，他父辈那一代人。为什么要谈呢？书中一开始便说，忽然之间，他发现父辈全走了。2007 年 10 月 1 日，当整个国家都在普天同庆的时候，他接到一个电话说四叔走了，之后他就发现父辈那整整一代人都不见了。他们曾经做过什么？说过什么？是不是应该把这些留存下来，说给后人知道？

他回忆起小时候跟父辈们相处的时光，那恰好是知青下乡的年代。有一天，大家正在田里劳作，不知道为什么，远处突然开过两辆载着革命青年的卡车，架着机枪从田间公路上驶过。那些红卫兵忽然朝着在田野里劳作的农民没头没脑地打了一梭子子弹，子弹就落在田头草丛里。草摇土飞之后，当过兵的退伍军人忽然大喊："卧倒！"于是社员们都学着他的样子各自卧进红薯秧的垄沟，而卡车远去，载着青年革命者和他们的笑声。

看完这一段，你会怎么去想当年那些年轻人呢？那些知识青年、革命青年刚到乡里的时候，都觉得生活太苦了，但在当地老百姓看来，他们过的却是好日子。当地的农民很尊重这些年轻人，自己家里吃得不像话，还尽量做些细粮给知识青年吃，好活儿让给他们干，好事儿让给他们做，他们怎么还觉得苦呢？

有一段写得非常震撼，说有一个知识青年强奸了当地姑娘，跑了，后来什么事儿都没了。反过来，一个本地农村青年据说强奸了一名下乡女知青，而且仅仅是怀疑，没有二话，马上就被枪毙了。

作者说，上世纪八十年代初，中国文坛轰然而起的知青文学都把下乡视为炼狱，把一切苦难简单归结为某块土地和那块土地上的愚昧。知青下乡的确是一代人和一个民族的灾难，可在知青下乡之前就一直生存在那块土地上的人们，他们几千年来的命运算不算是一种灾难呢?

这本书的力量就在于它直白而又沉着地描述了父辈们在农村"过日子般的生活"，也附带提到了自己少年时的一些经历。那个时候他远离家乡，跟叔叔的儿子一起在一个工厂里打工。每天早上起床，拉着空车快步跑到三十里外的火车站，每人装上一车煤，再缓缓如牛地拉着重车回来，遇到上坡，还要走着S形一步一挪地慢慢上去。每天这么走，有时候连续做四十多天不休息，以至于连毛泽东去世了这样的事他们都不知道。

日子过得这样辛苦，有一次他哥说:"连科，你还回家读书去吧，读书才是正事……不读也行，读多了也不一定有用……明天周末，我们回去洗个澡吧。洗个澡，明天你好好睡上一觉……"两兄弟间的谈话，在他看来都是最为坦白也最为深刻的人生道理。他说:"那是一段我人生中最为辛苦的岁月，每每提起，都会欷歔掉泪。"

这样的写法好像没有什么文学修饰效果，可是当你看到后面整段的文字谈他在农村的父辈和兄弟姐妹们怎样生了重病还要忍痛去种地，怎样受到羞辱而依然想要有尊严地活下去，怎样每天蹚过一条几乎是零度以下的冰冷的河只为了去远方砍木材、搬石头回来盖房……再回头看他说的“这是我人生中最为辛苦的岁月”，这“辛苦”二字的分量就非常扎实地落了下来。[1]

在《我与父辈》里，阎连科对他的父亲、大伯和四叔都作了非常深情的描述，书中有一段说他大伯的儿子，大我五六岁的发成哥，现在已经做了爷爷，可是他的子女们，那些出生在上世纪80年代的一代人，却永远无法明白他的父辈们当年是如何为了生存而奋斗，为了婚姻而丢掉做人的尊严和舒展。

为什么说婚姻会使人丢掉做人的尊严呢？在农村谈婚姻是要有本钱的，比如家里有没有好房子，有了好房子你儿子才见得了人，人家才愿意把闺女嫁到你家。而以前农村的房子都是自己盖

[1] “在赤贫之境中挣扎的父辈们却以亲情哺育儿女的善良感恩。亲情是养育善良的土壤、阳光和细雨。直到今天忆起大伯那次自杀的事，忆起父亲、大伯和叔叔间的兄弟情，忆起他们各自为了最普通的生存和人生中最普通的得失与过错，我都深刻地体会到，一个人的成长，最重要的需求不是物质的吃穿和花费，不是精神上大起大落的恩爱和慈悲，而是物质和精神混合在一起的那种细雨无声的温情与滋润。正如需要成长的草和树一样，缺光少雨当然不可以，可暴雨暴日的轮流与交替，似乎不缺水，不缺光，但最终迎来的却是不成材的疯生和疯长。而只有那种细雨无声的滋润和给养，只有那种光线充足却非暴晒暴烫的阳光和灼目的明亮，才可以让草成草，树成树，让人的心灵成为未来充满善与温情的一颗心……我是在充满贫穷与温情的家庭长大的。”（《我与父辈》精华摘录）

的，盖房真是非常辛苦。

他大伯家共有八个子女，你简直想象不出来这么多孩子是怎么活下来的，尤其是“大跃进”和三年自然灾害的时候，其中的辛苦真是不足为外人道。有一年他的发成哥要跟别人相亲了，可是对方嫌男方家里穷、人口多，房子也不是瓦房。于是大伯就领着老老小小一家人每天去搬石头、砍木头，一片瓦一块砖地硬是搭起了一所简陋的房子。

盖房欠下了一笔巨债，一家十口平常还得吃喝过活，那时候种一天地只能赚一毛钱，怎么办呢？阎连科写道：1949 年 10 月 1 日，毛主席站在天安门上宣布说，新中国成立了，中国人民站起来了，而在新中国成立了二十多年后，一个北方乡村的农民站在他们一家人用血汗盖起来的三间瓦房门口，对着他的六男二女的孩子们说：“房子是盖起来了，债也欠下了。人在这个世界上，什么都可以欠，唯独不能欠的是人家的债。从明天起，我们一家人都去拉石头、卖石头，尽快把欠人家的债务还上！”

这是一些再简单不过的做人道理。父辈们就是这样，他们都不是什么有文化的人，甚至连字都不认识多少，却有着最简单分明的是非观。他们教育子女的方法在今天看来也很不科学，比如怀疑自己儿子偷了人家东西，就不分青红皂白先暴打一顿，打完之后看儿子还是坚决不认罪，才想到去问问清楚，到晚上确认他果然没有偷，便“叹一口气，摸摸他的头”。这样一种教育方法也许很不文明，但是阎连科却说，他现在多么盼望父亲再好好打他一顿，从前父亲每次这么打他，他都觉得非常踏实。

书中还提到他的大伯好赌，也没有什么文化，但是心地非常宽厚。当年，大伯有个孩子去部队当兵，不知道为了什么，一个月之后就上吊自杀了，而且隔了大半年部队才敢让家里知道消息。这其中肯定有问题，他去问大伯怎么追究这件事：“‘铁成弟的事，就这样了结了？’大伯望着我，沉默了长天长地后，用很轻很轻的声音说：‘去部队告他们，我知道会有人受处分，会把有的军官撤了职。可你弟弟死了，还能告活吗？处分了那些人，把那些军官撤职了，可那些班长和军官我问了，也都是从农村参军参到那里的，也都是家里无能无耐的，才不得不参军参到新疆的地界。人人都是从农村参军奔政治前程的人，你弟已经不在了，我们就别去毁了那些人的前程了。’”

这就是他的父辈，也是阎连科决心一定要记录下他们那一代人的原因。他前几年去世的四叔，从前在城里的水泥厂打工，看起来日子过得比较鲜活，到老年回到农村才发现自己是漂浮在半空的。他在城里打工的时候，城里人不把他当城里人；他偶尔从城里带一件好衣服回来送给农村的侄子们穿，家乡人又觉得他真是城里人。

城里人把日子叫生活，乡村人把生活叫日子，看上去似乎是对同一种事物的不同说法，本质上却有着天壤之别。日子是一天又一天，天天都一样，人在单调乏味中无奈地消耗着生命；而生活给人的感觉则是丰饶富足，有色彩、有人气、有宽阔的马路、明亮的路灯……然而到了最后，一个真正懂得了怎么去过日子的人，都是怎样一些顶天立地的人啊[1]。

（主讲　梁文道）

---

[1] “我的那些叔伯兄弟和姐妹们，也都是在充满贫穷与温情的家庭与家族中长大起来的。我们叔伯兄弟姐妹十五个，堂叔伯兄弟姐妹二十几个人，包括我，没有成才做官的，没有暴富到流金流油的，但没有一个不是善良的。没有一个不是把善良做为人生的底色后，再说在这底色之上去涂着别的色彩颜料，让人生尽可能的丰富、充满情谊和活着时多一些人间烟火的快乐与温暖……善良，是人之所以为人的根基和源本……而家庭和家族中世代酝酿的亲情与温情，则是养育善良的土壤、阳光和细雨。”（摘自《我与父辈》）

别对我撒谎

道德的重量

买到药买不到灵魂

阿瑟·克莱曼（Arthur Kleinman，又名凯博文），世界著名医疗人类学家，哈佛大学人类学、社会和心理医学教授，美国科学院和文理科学院院士。著有《文化语境下的病人与医生》《探病说痛：人类的受苦经验和痊愈之道》《文化和忧郁》《社会苦难》等。

很多时候，一个人做了好事还是坏事，并不完全是这个人的性格和本质所决定的，还会受制于周围环境的影响。当人内在的道德诉求与他所处的环境格格不入时，这种矛盾就会变成一种痛苦的折磨。

相信很多人都面临过这种艰难选择。《道德的重量》讲述了一些非凡人物在这种时刻做出的道德选择，作者凯博文把他们称为“反英雄”，认为他们是一些逆势而为的人，但其实这些人也如你我一样平凡，只不过在某一刹那做出了英雄的决定和选择。

凯博文是哈佛大学人类学系教授，在学术界的声望来自于将医学与人类学相结合，开创了医学人类学这个新领域。他与中国特别有缘，曾在中国做过不少研究，教了很多中国学生。《道德的重量》是他大半生临床经验的总结。他认为现代精神医学整个走了弯路，其中最重要的一点是忽略了道德生活（Moral life）的重要性。

这里的道德并不是一般社会伦理意义上的好或不好，因为很多时候历史上所呈现出来的价值观可能并不符合人性，比如某一时期对少数民族的压迫或对奴隶制度的赞同，在当时的小范围内被认为是好的。

作者所说的道德是一种真实的道德，也就是不再强调符合社会伦理或别人的认同，而是遵循自己内在的道德感召。这种道德标准可以帮助我们把生活导向正确的方向，让我们感受到自己对他人的责任，并依照这些真实感受行事。这是一种具有普世意义的道德观，凯博文确信有这些普世价值的存在，这使我们可以超越一时一地的道德体系或伦理标准，提出另一种关于道德的想象。

身为医学教授，凯博文对现代医疗制度持批判态度，尤其对精神医学很不满，认为是对人性价值的破坏。他认为，所谓的医疗专业技术不过是在将我们引向一种肤浅的没有灵魂的生活，进而否定真实道德的重要性。

精神医学把我们平日的伤心和不愉快都变成临床上的忧郁症，把日常生活中的忧虑和担心变成焦虑症，甚至连暴力之后的精神伤害都有了一个专业术语“创伤后压力症候群”。人类所有的痛苦经验都被重新定义为精神疾病，需要接受专家治疗，其中最常见的便是药物治疗。

作者认为正是这种医疗观念让我们对于内心真实感受了解越来越模糊，让我们产生了一种幻觉，好像人类已经能够主宰和控制世界，可以改造环境，可以改变社会，甚至一个人的生死都可以用药物来控制。这种把人类心灵的痛苦全都医学化和疾病化了的倾向带来了一种前所未有的危险，那就是贬低生命自身的价值。即使享受到了所有的医疗服务，人也可能活得一点灵魂都没有。

书中讲了一个故事，一名二战退役老兵被一件事情困扰多年，最后成了人们常说的精神病患者。这个名叫科恩的美国老兵一直无法忘记自己在太平洋战争中杀的一个日本军医，他说当自己冲进帐篷准备开枪的时候，那个军医还在忙着医治伤员，完全没有反抗的意思。他至今记得那个日本军医的眼里只有同情和善良，没有一丝仇恨，但是科恩最后还是冲他开了枪。这件事困扰了他四十多年。凯博文最后终于治好了他的精神病，他却对凯博文说，其实你没有医好我，你不明白我灵魂所承受的重量。

当一个人为了政治理由去杀人并为此负疚终生的时候，我们能把他叫做精神病吗？

（主讲　梁文道）

有光的所在

没有美感的人在道德上是可怕的

南方朔，本名王杏庆，台湾作家、诗人、政治评论家、新闻工作者。曾任《亚洲周刊》《新新闻周刊》主笔，《中国时报》副总编辑等职，是台湾书评界的“教父”。译有《论扯淡》一书，出版《语言是我们的居所》等多部著作。

我不太鼓励大家去读励志书，尤其是那种一味让人追求成功的书，根本不用考虑社会现实和其他人的看法，这种念头其实挺可怕。南方朔的《有光的所在》也被看作励志书，但他提倡的却是如何做一个平和的人，如何关注和提高自己内心的道德标准。

一个人学会体会别人的感觉，他就会产生越来越高的道德标准，再也不会做以前觉得无所谓的事情了。这个标准包含着诸如谦卑、自尊、忏悔、善良等等品质，它们是人类道德感的起源。

书的自序中引了一段中世纪灵修文字："先安己心，才能安人心。和平者比博学者更有用处。坏脾气的人甚至好事也弄坏，并轻信人的恶。良善的、和平的人把万事都弄好。"[1] 有趣的是，南方

[1] 引自 Thomas a Kempis（1380-1471）的《遵主圣范》（De Imitatione Christi）。这本书在天主教会内颇有声誉，地位仅次于圣经，敦促信徒在生活中实行基督的道德教训并亲身经验他的苦难。

朔本人就是个博学者，也常常针对各种社会问题发表意见和看法。

比如说起当年在台湾经历的白色恐怖，南方朔说自己见过一个深受政治折磨的老人，不管在哪里见到谁，都会忽然大声喊出“中华民国万岁！”“总统万岁！”之类的口号。他当然不可能真的相信这些口号，是因为受了过度惊吓，潜意识里觉得全世界每一双眼睛都在监视着他，因而宁愿把自己变成一个呼喊口号的机器。

南方朔早年也曾因为一次跟同学的倾谈，莫名其妙遭到调查，甚至因为有了案底，连升学都受到影响，周围的人都用异样的眼光看他。他无法忘怀这件事给身心带来的改变，也很庆幸自己最终还是走出这个阴影，没有变得像那个老人一样。

一个人如何在复杂险恶的社会环境中始终保持内心的纯正，不被这样那样的道德危机感所困惑和折磨？南方朔说，也许仅仅是靠着一份对世间美好事物的追求吧。他喜欢各种美的东西，音乐、文学、美景、美食。

有一篇《德彪西的奥秘》写法国印象派音乐家德彪西。他对美食很讲究，据说他家里连最简单的下午茶都华美无比。有一次德彪西办晚宴，屋里所有的东西，从台布到餐巾，都是红色的，连香槟都是绯红色的勃艮第气泡酒。一切都体现出这个艺术家对于美好事物的热爱与追求。

南方朔得出一个结论，一个没有美感的人有时候在道德上是可怕的。这就是为什么在野蛮的战争中，人类许多最重要的文化遗产和文明古迹会毁于一旦。如果人们都能对美好之物抱着一份感知和热爱，还会随意摧毁这些伟大的文明遗迹吗?

法国大革命爆发的时候，整个欧洲为之震动。英国思想家柏克[1]却敢于力排众议起而反对，并因为想法不合时宜而备受指责。柏克坚信这个世界存在某种内在的秩序，而这个秩序很容易被媚俗者摧毁。对于专做无本生意的政客和很容易被煽惑的群众，他都没有好感，他认为每个人不管在什么样的环境下都应该有守有为。

在《楼很高不要随便往下跳》一文中，南方朔也说，如果整个国家都陷入癫狂，政治被恶魔所掌控，就像当年纳粹统治下的德国，这时候一个人该如何把握自己？也许只能选择保守，而代价就是独自与整个时代以及自己的国家及同胞们艰难抗衡。

（主讲　梁文道）

---

[1] 埃德蒙德·柏克(Edmund Burke，1729-1797)，爱尔兰人，政治家，作家，演说家。曾在大不列颠众议院服务多年，被公认为是保守主义的创始人和古典自由主义的代表。支持美国独立革命，却在晚年反对法国大革命。

中国法律与中国社会

礼与法的差异

瞿同祖（1910-2008），历史学家，湖南长沙人。1934 年入燕京大学研究院。1944 年兼任西南联合大学讲师，期间撰写《中国法律与中国社会》一书，开法学界先河。1945 年赴美，在哥伦比亚大学、哈佛大学从事汉史研究。1965 年回国，2008 年病逝于北京。

清朝的时候，有一家人有两个儿子，大儿子很不像话，因为跟弟弟借钱没借到，居然扬言要杀死弟弟。父亲把他叫过来痛骂一顿，大儿子反口还骂，父亲于是下决心，让族人把大儿子捆起来活埋了。这件事情被官府知道以后，就把父亲抓去，起初说是无故杀人，判了罪，但案子送到刑部以后，刑部认为儿子骂父亲本来就该死，执行了私刑就算了，不必再予以追究。这可说是中国法律的一大特色。

中国有漫长的法律传统，却跟现代意义上的法制不一样。这个法律传统是怎么运作的呢？瞿同祖先生的《中国法律与中国社会》给出了答案。瞿先生是社会学家吴文藻的四大弟子之一，写这部书时正值抗战，当时他在西南联大教书，烽火连天的岁月里手边没有多少参考资料，居然写出了这本公认的研究中国法律的经典之作。

这本书将很多案例汇编在了一起，这些故事今天看来很不可思议。比如为什么儿子骂父亲犯法，父亲杀儿子可以无罪呢？瞿先生提出，中国的法律系统经历了一个儒家化的过程，儒家的核心理念是“礼”，而“礼”是维护社会差异的工具。也就是说，儒家承认社会上人与人之间的身份、地位和阶级的差别，“礼”的作用不是要抹平这些差别，而是要维护它。所以才会有种种贵贱、尊卑、长幼之分。所以“礼”的真正意涵就是差异。

而“法”是什么？法家并不否认或反对社会身份和地位的差别，但法律的标准应该是相对客观的，因为国之所以治，端在赏罚，一以劝善，一以止奸，有功必赏，有过必罚，并不因人而异，人人在法律面前均须平等。

儒家认为社会是可以借由道德力量来维持的，如果是有德行的君子治国，下面的人自然可以被他感化而跟随他。当儒家渐渐掌握中国社会意识形态的主流之后，法典的编撰也都慢慢靠近儒家的观念了。但法律还是需要的，因为治理国家光讲礼和德不够，只是这个“法”最终还是要受到“礼”的制约，这是中国法律的特点。

瞿先生举了个例子，他说如果真的可以实现法律面前人人平等，为什么秦王朝二世而亡呢？秦朝是以法治国的，而且是严刑峻法，但瞿先生认为这种严苛的法律没有适应乡土民间的需要。后来在儒家意识形态的主导之下，中国的法律出现了两点特色，一是关注家庭和家族，二是维护阶级差异。

在家族方面，法律特别维护父权的绝对权威，子女任何时候都不能够忤逆父母。比如骂人这件事，一般人骂几句粗话根本谈不上治罪，但一旦发生在家人之间，尤其是晚辈骂长辈，那就不一样了，子女骂父母更要罪加一等。

至于阶级差异，在当今社会就物质享受而言，一个人选择过什么样的生活主要还是看个人的能力和欲望，跟社会地位的关系并不紧密。一个人人尊敬的诺贝尔奖得主可能没钱买奔驰，但水果小贩说不定哪天也会一身名牌。

但在从前的中国，一个人的物质消费和社会身份地位是紧密相关的，而且这些规矩相当严格，就算你很有钱，如果不属于士大夫阶层，就不能穿某种衣服；不是当官的，房子就不能使用某种材料或者盖那么大。甚至连房子的名称也有规定，比如皇帝住的地方叫宫殿，下面依次可以有府邸、公馆、第、宅、家等。如果你僭越了自己的身份地位，是犯法的。

中国有一句老话“礼不下庶人，刑不上大夫”，对庶民老百姓是不用讲礼的，只要用刑法对付他们就行了，而对士大夫阶层不可以用刑。因为在那样一个阶级分明的社会，对士大夫动刑法不仅是对他个人的侮辱，也是对整个上层群体的侮辱。社会舆论本身就是非常可怕的惩罚，一个人如果失去了自己的社会地位无异于被社会放逐，很多人甚至无法接受这种失落而选择自杀，所以“礼”的惩罚后果其实并不比“法”轻。

尽管如此，这仍然是一种很不公平的法律，差异不仅存在于士大夫阶层与普通老百姓之间，也存在于庶民之间，其中最受歧视的一种人被叫做贱民。比如广东沿海的蛋家人[1]，过去被认为是贱民，生下来就只能生活在船上。直到上世纪七十年代，港英政府还很歧视这些人，不准他们上岸居住，可见这种阶级歧视是多么根深蒂固。

（主讲　梁文道）

---

[1] 蛋家（亦作艇家、水上人等）是广东、广西和福建一带一种以船为家的渔民的统称。根据传统说法，蛋民所乘的艇像一只鸡蛋对半剖开，上盖以篷，故名“蛋艇”，人以艇为家，所以叫作“蛋家”。而蛋家人自己则认为，他们常年与风浪搏斗，生命难以得到保障，如同蛋壳一般脆弱，故称为蛋家。

身份与暴力

命运的幻象

阿马蒂亚·森，1998年诺贝尔经济学奖得主，曾任剑桥大学三一学院院长，现任哈佛大学教授。主要著作有《以自由看待发展》《论经济不平等》和《好辩的印度人》等。

我们每个人活在这个世界上都有很多不同的身份，比如你是北京市民，你是一个外企职员，或者你是一个苗族人。但这个世界奇怪的地方在于，在某种情况下，我们的众多身份中只有一个是最重要、最具优先秩序的，这个最重要的身份决定了你的世界观、待人处事的方法以及你在社会上的某种地位，甚至也决定了你跟别的族群或身份的人有怎样的区别。

这种想法到底正不正确？可以读一读诺贝尔经济学奖得主阿马蒂亚·森的《身份与暴力——命运的幻象》。这本书在社会科学界的影响非常大，而这位印度裔作者也远远不止是一位经济学家，同时也是非常了不起的政治哲学家和伦理学家。

此书写得简洁有趣，又充满了雄辩的力量。作者一开始讲了一个好玩的小故事：他曾是剑桥大学三一学院的院长，有一次经过短暂的国外旅行回到英国，伦敦机场的移民局官员仔细检查了他的印度护照后，“提出一个从哲学角度看颇为棘手的问题”。他注视着我在入境单上所填的家庭住址，那个住址就是剑桥三一学院院长公寓，然后问：“你跟那个院长是不是关系很好？是亲密朋友吗？”

这句话背后的意思其实是，一个拿着印度护照的印度人怎么可能是剑桥三一学院的院长呢？一定是跟院长有点什么关系，不然干吗住在他家？阿马蒂亚·森说：“这个问题让我犹豫了片刻，因为我不知道自己能否称得上是我自己的朋友。思索片刻后，我得出结论，回答应该是肯定的，因为我对待自己一向不赖，并且即使有时我说错了什么，像我这样的朋友对自己也没有任何恶意。”

从这段话可以看出整本书的风格。你到底是谁？你的身份在什么情况下才是重要的呢？[1]这是作者想刺激我们去思考的一个问题。既然一个人具有那么多不同的身份，比如我梁文道，既是凤凰卫视的员工，也是一个专栏作者，是一个男人，是别人的儿子，同时还是个佛教徒，是个读书人，是个异性恋者等等。这

[1] 世界也许充斥着越来越多的暴力，但是诺贝尔奖得主阿马蒂亚·森在这部包罗万象的哲学著作中认为，驱使着这些暴行的，不仅仅是那些不可解脱的仇恨，还有人们的思想混乱。在11岁那年，阿马蒂亚·森生平第一次亲历了杀戮。20世纪40年代在印度突然爆发的印度教徒—穆斯林骚乱的双方都受到了别人的有意挑唆。这场骚乱中的绝大多数受害者——包括印度教徒与穆斯林——都是同属一个阶级的劳动人民。然而应当对这场血腥屠杀负责的，只有宗教身份这种单一划分的观念。

么多不同的身份，哪一个最能主宰我的命运，决定我看世界的方式？答案是，不能有任何一个身份应该被认为是最优先的，因为我们找不到这样做的理由。

比如反日情绪高涨的时候，你可能看到日本人就想揍，完全不考虑他可能对中国非常友好、主张悔罪，也不会想到他也许是援助中国贫困乡村的青年志愿者。就算以上都不是，你在揍他的时候，也不会想到他也是某个人的丈夫或某个人的儿子，是一个很诚实正直的、会路见不平拔刀相助的好人。你的某种盲点会遮蔽你对他所有可能的认知，而只把他固定在一个身份上，那就是他是个日本人。请问，这种想法公平吗？我们能够被一种身份垄断吗？如书中所言，相信一种身份能够垄断我们，其实只是有关命运的一个幻想而已。

阿马蒂亚·森这本书是对自由主义身份观念的一次雄辩。近二十年来自由主义常常受到挑战，这种挑战最早来自于一种政治哲学即社群主义。社群主义者认为一个人的身份不可能是社会真空的，它有一些既定的条件和文化背景，限制了他怎样看待这个世界的方式。所以一个人身份并不是由他来选择的，而是要他去发现的。阿马蒂亚·森认为这种想法具有严重局限，因为所谓身份的意义其实来自于选择，而选择要看不同的处境。

举个简单例子，比如任何一个国际机场的洗手间都是按照男女分的，不是按照黄种人、白种人跟黑人来区分的，也不会分成中国人使用还是外国人使用。因为在上厕所的时候，你是一个穆斯林还是一个佛教徒，是同性恋还是异性恋，是爸爸还是孩子，是个中产阶级还是贫民，是中国人还是外国人，都不重要，唯一重要的是你到底是男的还是女的。

在生活中遇到的不同处境，常常使我们必须在那个特定的处境下应用一个我们觉得最恰当的身份。但阿马蒂亚·森认为，恰恰是这样的思想盲点阻隔了各种不同身份的人的沟通与理解。

诚然，我们对这个世界的理解会受制于某种文化身份，但是太过强调这种身份，有时候也会让我们忘记理性的重要。一旦踏上理性之路，你就不可能再坚持始终用一个中国人的方法来思考问题。比如近几年一些人对民主价值提出批判，认为是西方世界强加给各国的。但事实并非如此，阿马蒂亚·森举例说，全世界自古以来到处都有不同的民主元素，比如曼德拉[1]曾在自传中写

[1] 纳尔逊·曼德拉（Nelson Rolihlahla Mandela），1918年生于南非特兰斯凯一个大酋长家庭，获南非大学文学学士和威特沃特斯兰德大学律师资格。自幼性格刚强，崇敬民族英雄，被家中指定为酋长继承人。但他表示“决不愿以酋长身份统治一个受压迫的部族”，而要“以一个战士的名义投身于民族解放事业”，毅然走上了追求民族解放的道路。

到，少年时代他在家乡看到的地方会议程序是最纯正的民主，无论是酋长还是平民、武士还是医生、店主还是农夫、地主还是劳工，每个想要发言的人都发了言，发言者的身份也许存在等级差异，但他们每个人的话都被认真聆听了。

阿马蒂亚·森说，曼德拉对民主的追求并非来自西方社会的任何强加，毫无疑问，他对民主的追求是源于他自己的家乡非洲，不过他的确反过来把它强加给了当时统治南非黑人的那些欧洲人——不是欧洲人把民主强加给本地人，而恰恰是本地人把自己的民主观念强加给了欧洲人。

这本书也涉及今日世界各地因宗教引起的冲突，比如从恐怖分子的圣战可以追溯到伊斯兰文化，而伊斯兰文化内部也存在多种差异，有些穆斯林在历史上是非常宽容的，但是今天出现了极端的基本教义派，该如何解释呢？依据伊斯兰教义，哪一种观点才是正确的呢？其实，我们首先要考虑的不是这个问题的正确答案，而是这个问题本身是不是一个正确的问题。

要了解一个穆斯林，不能从单一角度下定论。几个穆斯林对政治事务的看法可能完全不同，但他们可能都是好的穆斯林，都有正确的伊斯兰信仰。对于政治问题看法的差异，跟他是不是真正的穆斯林或好的穆斯林没有多大关系，很可能是别的政治文化观念影响了他的判断。

我们不能够期盼一种文化或宗教观念能够决定我们对所有事情的看法，这只会把人囚禁在一个狭小的牢笼里。常常有人说，中国要有自己的一套方法，不必听从别人的意见。这种说法本身，也是一种牢笼或命运的幻象。

阿马蒂亚·森说，过去很多反对英国殖民的印度民族主义者也常常说西方优于我们的无非就是物质、经济、政治，但是我们的精神文明远远超过他们。他认为这种想法其实也是一种殖民遗产，就因为太把西方殖民者当成一个对象了，才会这样强调彼此的差异，强调自己的某种精神力量。

试想，这只是印度特色吗？我们和其他亚洲国家是否也如此？[1]

（主讲　梁文道）

---

[1] 在这本新作中，阿马蒂亚·森指出，与过去一样，一直延续到今天的冲突与暴力都受这种单一身份的幻象影响。显然，越来越多的人们根据宗教立场（或者“文化”或“文明”）来划分世界，而忽略人们看待自身的其他方式——诸如阶级、性别、职业、语言、文学、科学、音乐、道德或政治立场，并且否定了合理选择的现实可能性。一旦根据这种观点来界定不同人之间的良好关系，人类就被严重地压缩并置于“小盒”之中。在本书中，森颠覆了那种惯用的概念，诸如“整个中东”或“西方思想”。通过对文化多元主义、恐怖主义和全球化的精辟分析，他得出了结论，我们应当更为清晰地理解人类自由，并成为全球公民社会中富有建设性的公共表达者。森证明，尽管最近世界陷入了战争循环，但只要我们坚持这一理念，这个世界也同样能够稳定地迈向和平。

全球化与国家意识的衰微

拆解中国左派精神

河清，原名黄河清，当过下乡知青，1987年赴法，获巴黎第一大学艺术史博士学位。现为浙江大学人文学院教授。

一般来说，作为一个左派首先要具备的素养是要永远保持一种批判精神。左派在英文中另有一个表达：Progress，是进步的意思。左翼人士常常被认为是进步分子，因为他们总是对当下的社会状况提出质疑并想要改变它。

《全球化与国家意识的衰微》的作者河清留法十年，对西方社会相当了解。这本书编入了他翻译的法国社会学家皮埃尔·布尔迪厄[1]的一些文章。他一方面站稳左派立场，狠批当代的全球化倾向[2]；另一方面又回过头来捍卫中国传统的文化精神。

---

[1] 皮埃尔·布尔迪厄（Pierre Bourdieu，1930-2002），法兰西学院院士，哲学家和社会学家，当代法国最具国际性影响的思想家。

[2]《全球化与国家意识的衰微》一书旨在揭示“全球化”不是一个自然而然的说法，而是由西方新自由主义长期宣传的口号，代表的是跨国金融资本和跨国公司的利益。“全球化”的潜在之意是削弱民族国家的政治经济文化主权，以使美国主导的跨国金融资本和经济势力畅行无阻于全球各地，最大限度地攫取各国的资源和财富。法国著名社会学家布尔迪厄对此作了深刻揭露。

河清提出的很多观点我都赞同。比如他说西方媒体对整个世界的影响带有很多歪曲和偏见，这些并不直接受国家和政府控制，而是被很多商业财团操控。我以前也提到过，目前约有五大财团垄断了全世界几乎一半的报纸、电视、电台、出版社、电影公司和唱片公司。试想如果这些集团想达到某些目的，宣扬一些政治主张，它们有没有能力利用旗下的媒体去造势？或者反过来威胁国家和政府呢？这是完全可能的。

有钱有势的商人甚至可以通过媒体影响政府，让政府实施一些对他们有利的政策或路线。就这一点而言，作者认为西方媒体其实很不客观。接下来，他批判了最近几年的全球化现象，基本上沿用了布尔迪厄的思路。

布尔迪厄是法国著名的左翼学者，他的批判十分尖锐，不仅批新自由主义，甚至也狠批法国的所谓国家精神。连传统知识分子所信奉的文化精神在布尔迪厄看来也不过是一种伪装。他认为像我们这些自称是文化人的，只不过是垄断或占有一些文化资本并以此来为自己取得了一定社会地位而已。

河清认为，今天的中国不应该盲目地跟随西方搞什么市场开放，市场开放、经济改革甚至加入世界贸易组织等等都是很危险的行为，中国应首先找回文化的主体性。他认为今天的中国在文化上已经没有独立精神了，我们的表层政治、经济理论、文化概念的合法性和价值基础都来自于西方，甚至连纪元都在用西方的。他为我们中国人没有自己的时间而感到悲哀。

他还认为媒体不应该过度渲染情人节、圣诞节，而应强化中国自己的传统节日如春节、端午、中秋等，更不宜宣传年夜饭去饭馆吃。上海亚太经合会议上，各国领导人穿上唐装亮相，马上在全国带起一股民族服装的风尚，这样的做法才是好的。

但令人惊讶的是，作者一贯的左翼批判视角，对国家文化及本民族传统这些东西却没有进行任何分析。一个国家的民族文化是怎样构成的？河清所推崇的布尔迪厄这些西方左派大思想家，常常会批判一个国家的传统文化或精神价值观，因为很多情况下那都是国家机器、统治阶级或部分精英制造出来的控制民众的工具。但是作者面对中国类似的问题时，却好像遮起了半边眼，视而不见了。

（主讲　梁文道）

Chinese Nationalism in the Global Era

爱国主义与民族主义

克里斯托弗·休斯（Christopher R. Hughes），伦敦经济学院亚洲研究中心主任，主要研究国际关系问题。

前几年反日浪潮席卷中国的时候，很多外国记者看到有那么多市民百姓上街抗议日本，都觉得很惊讶。他们心想，现如今中国已经成为世界工厂，与世界各地的经贸往来如此密切，改革开放的程度也越来越高，怎么还可能会有这么强烈的民族主义情绪呢？这种惊讶背后其实隐含了一种假设，即在经济全球化时代下，一个国家的全球化程度越高，民族主义的情绪会越淡薄。

在他们看来，“民族主义”近乎于一种封闭、落后、保守的意识形态，跟面向国际、面向世界、开放门户的风格是彼此不相容的。但现实并不如此，《Chinese Nationalism in the Global Era》(《全球化时代的中国民族主义》) 专门谈这个问题。

作者休斯是有名的伦敦经济学院国际关系资深讲师。在过去十年中，他出了很多文章和书籍讨论中国的民族主义，可以说是西方世界这方面的专家。他的这本书，书名点出了两个要点：一是中国民族主义，二是全球化时代。这两样东西休斯认为不仅不矛盾，甚至是相辅相成、一体两面的，而且必须在中国历史脉络中去理解它。

他首先谈到中国民族主义的历史根源，认为其根源可追溯到清朝末年。那时候有一批中国知识分子像张之洞他们，提出“中学为体，西学为用”，一方面中国要向世界各国学习，保持一个开放的态度跟他们往来，但是骨子里头的中国文化和中国精神是不能变的。

休斯认为，这也是今天中国民族主义在全球化时代下的某种态度：我们可以跟大家做生意，可以跟大家保持经济上的往来，但是中国的主权思想、中国文化的主体性是不可动摇的。也就是说，中国人的尊严是必须牢牢捍卫的。

与此同时，休斯指出，民族主义也是新中国政权的合法性来源之一。老百姓为什么愿意被一个政府统治？他们一定要认同政府，觉得你可以统治我们，我们听你的，这叫合法性。其中一个合法性的理由是，我们认为政府带领我们走向了民族独立自主，维护了我们的民族尊严。所以民族主义向来是我们国家很重要的脊梁。

民族主义的脊梁遇到了现代开放的世界，该怎么办？休斯认为，邓小平的民族主义理论就是我们一方面对外开放，讲究和平崛起，但同时也应注意到开放并不影响我们民族的独立自尊，而是反过来助长了我们的民族尊严，让我们更加肯定自己，回到世界舞台。

休斯在谈论“民族主义”时，并没有尝试为它下一个严格的定义。他把民族主义看成是复杂的、可以操作的，每一个人都尝试用它表达自己的观点，但大家说出话可能并不一样。就官方而言，像办奥运会这类活动，原本是世界主义的、不分国家的，但是由我们来办了之后，反倒能让世界看到今天的中国人是何等开放、自豪。

休斯还有一点观察我觉得很有趣，他说当我们把爱国主义跟民族主义完全统一、结合起来的时候，也会面临一些困难和矛盾。比如办奥运的时候，我们既要打开国门欢迎全世界的人，又要维护国家的荣耀与骄傲，要去反驳别人对我们的种种攻击和扭曲，这中间的矛盾该如何化解？恐怕是当前中国民族主义作为一个政治意识形态所要面对的重大挑战。

（主讲　梁文道）

别对我撒谎

撼动世界的记者

约翰·皮尔格（John Pilger），优秀的战地记者、作家与制片人，两度获颁英国新闻界最高荣誉“年度记者”（Journalist of the Year）。

想要写好一份调查报道，通常需要记者具备几种素质：一是专业能力，文笔需有相当功力；二要足够敏感，能够从一些细节推敲出整个事实全局的拼图；三还要有勇于挑战主流认知，挑战社会共同的成见；最后，你还要有耐心。

怎样才算有耐心呢？《别对我撒谎》[1]提到一位 2004 年去世的、被称为英国最伟大的记者。他用了十二年时间去调查一起“空难”事件的真相，最后揭露出英美两国的秘密阴谋，非常震撼。花十二年写一篇报道，其中艰辛可想而知。

---

[1]《别对我撒谎》一书选录篇章依写作年代编排，类型包括新闻报导与专论、电视节目底稿与图书节录，每一篇作品都深入官方缄默之墙，披露令人坐立难安的动人真相，内容涵盖过去五十年来意义重大的事件、丑闻与抗争。其作者包括名噪一时的揭密者（挖掘越南美莱大屠杀的西摩·赫许、直探洛克比空难真相的保罗·福特）、勇气十足的亲身见证者（广岛原爆之后第一位赶到当地的西方记者韦佛瑞德·柏契特、1990 年代定居加沙走廊进行报导的阿米拉哈丝），以及另辟蹊径的新闻工作者（德国变身卧底记者根特·华莱夫、戳穿美国殡葬业真面目的洁西卡·密特佛）等。

有的记者做到一定程度，也许会被认为“不爱国”，比如美国哥伦比亚广播公司当年的红主播爱德华·默罗[1]。他在麦卡锡大搞“白色恐怖”时，勇敢地在新闻节目中揭露“麦卡锡主义”的虚伪面目和他那种混淆是非的逻辑观念，最终把这个因“反共”而臭名卓著的国会议员推倒。

当时麦卡锡在国会主持众议院“非美活动委员会”[2]，致力于找出美国社会各界的“共产党”，说这些人不爱国，想颠覆美国，所以都是非美分子。默罗在任何人都怕被扣帽子的恐怖氛围中站了出来，批判麦卡锡对言论自由、个人自由的压制。按当年的说法，默罗就是一个标准的“非美分子”。但时至今日，我们又对他如何评价？

书中还收录了以色列女记者阿米拉·哈斯（Amira Hass）的报道《全面封锁》。阿米拉·哈斯长期在以色列、巴勒斯坦占领区做采访，巴勒斯坦人居住区被互相隔离、分别包围在以色列国

---

[1] 爱德华·默罗（Edward R. Murrow，1908-1965），早年就读于华盛顿州立大学，1935年加入哥伦比亚广播公司，成为一名广播记者。他在职业生涯中开创了战地现场广播、连续广播报道等口语广播形式，成为当年最红的广播记者和播音员。1951年登上电视荧屏，又成为电视新闻主播的先驱。

[2] 非美活动调查委员会（House Committee to Investigate Un-American Activities），1938-1969年美国国会众议院设立的反共机构。1945年该委员会成为众议院常设机构，以调查法西斯主义、共产主义及其他“违反美国利益”的组织为名，迫害了许多美国左翼知识分子、艺术家和同情共产党的人士。

土之中。也就是说，如果想从巴勒斯坦的 A 处到 B 处，必须穿过以色列的国土，经过很多的检查站，而以色列士兵一定会想办法为难你。

难到什么程度？一位巴勒斯坦老太太在耶路撒冷病重，希望她的家人能来看她，可是孩子们都住在加沙走廊，折腾了一个礼拜才能过来，来了几个小时又要立刻赶回去。后来她死了，把她的尸体运到加沙埋葬又折腾了一礼拜，整个过程饱受以色列官僚主义的压迫。她的这些报道完全站在同情巴勒斯坦的立场上去写，所以很多以色列“右翼”分子威胁说要伤害她的性命，认为她太“不爱国”了，你明明是以色列人，怎么反过来帮着巴勒斯坦人说话呢？

说到“不爱国”的罪名，不能不提到 2006 年 10 月 7 日在莫斯科寓所被枪击身亡的俄罗斯女记者安娜·波利特科夫斯卡娅[1]。当年普京总统对传媒控制得非常紧，安娜却是敢于挑战当局的记者中最勇敢的一位。她大量报道了车臣战况，描述车臣老百姓怎样被俄军屠杀。她的《车臣不义之战》讲述了这样一个悲惨事件。

---

[1] 安娜·波利特科夫斯卡娅（Anna Politkovskaya，1958-2006），俄国著名新闻记者，1999 年起多次前往车臣战区采访，著有《车臣旅游日记》。正是由于她的报道，车臣百姓的苦难甚至被俘的车臣武装分子遭受的非人待遇，才被世人所知。安娜被公认为“俄罗斯媒体的良心”。2006 年 10 月 7 日遭暗杀。

1999 年 11 月 16 日，一个叫爱思雅的女子准备把丈夫的遗体运回家乡，入土为安，同行的还有几个孩子及两位长辈，总共开了两辆车。他们在经过一个俄军哨所时被拦了下来，俄军官兵二话不说就开枪扫射。爱思雅哭喊着说："看在真主的份上救救我们！"那些军人却说："根本没什么'真主'，你们这些车臣混蛋！去死吧！"车上的老人和孩子全部身亡，两辆车也被炸毁。第二天，俄罗斯的官方媒体报道："我军勇敢地消灭了两车'恐怖分子'。"安娜质疑当局："你们这样对待车臣老百姓，叫他们怎么去爱戴你们？怎么融入俄罗斯？"然而最后，安娜自己也死了。

（主讲　梁文道）

法槌十七声

西方名案沉思录

萧瀚（1969-），本名叶菁，北京大学民商法硕士，中国政法大学法学院副教授。近年来，在历次公共事件如孙志刚案、SARS事件、黄静案、佘祥林案中发表时评，引人注目。

1875 年，美国人雷诺德被法院判决犯有重婚罪。他已经结过一次婚，居然又结了一次，理由是他是一个摩门教徒，根据摩门教教义，一个人是可以有几个太太的，但美国法律又明确规定不能重婚。这件案子在当时的美国引起轩然大波[1]，很多人包括陪审团都在争论："人到底能不能重婚呢？"

案子最后转到了美国联邦最高法院，大法官杰弗逊非常明智地指出，一个人可以有宗教信仰的自由，但并不表示他在我们这个社会或国家的实际生活中能够百分百地按照教义生活，比如他

---

[1] 摩门教是美国犹他州一个宗教团体，全称"耶稣基督末日圣徒教"。他们繁复的教义中有一条规定，可以实行一夫多妻制。1862 年，林肯政府颁布《莫里尔反重婚法案》，宣布一夫多妻制为非法。摩门教领导人布瑞厄姆·杨决定向政府的法令发起挑战，便选择了自己的私人秘书乔治·雷诺德做被告，起诉雷诺德犯有重婚罪。1875 年年底雷诺德被判犯有重婚罪，处两年监禁及 500 美元罚款。雷诺德向联邦最高法院上诉，辩护律师根据《宪法第一修正案》认为雷诺德是摩门教教徒，享有信仰自由，重婚并不犯法。但联邦最高法院维持了原判，认为一夫一妻制是基于美国历史的基本价值取向而确立的婚姻制度，在美国生活的所有公民都不能违背。

不能够重婚。重婚违反的是国家法律，而国家法律关照的是所有国民的道德底线。他说，如果有人相信以人殉葬也算是一种宗教仪式，难道我们就可以允许这么做吗？又或者有一些基督教的学者是反对孩子们在学校接种牛痘的，那么我们还能不能够对他们的孩子强行接种牛痘呢？

这些问题提得非常好，可见法律也需要经受具体案例的考验才能逐渐逼近它应有的价值。

《法槌十七声》是一本很有名的时事评论集，讲的是西方法律史上十七个著名案件。本书的作者萧瀚是一位年轻的法学家，他援引这些案例帮助我们重新考虑，到底什么是法律？什么才是真正的法制社会或政治文明社会？

书中举了一些大家耳熟能详的案件，如法国十九世纪末的德雷夫斯案[1]。德雷夫斯是一名法国陆军军官，因为犹太人的身份而被人诬告是德国间谍，后来才发现这是个冤案，但他已经莫名其妙地白白坐了好几年牢，而且还连累了很多人。

---

[1] 1894年法国陆军参谋部犹太籍上尉军官德雷夫斯被诬陷犯有叛国罪，被革职并处终身流放，法国右翼势力乘机掀起反犹浪潮。德雷夫斯被捕以后，法国重要的军事情报仍不断地被泄漏，这引起军队一些部门的警惕，开始重新审视德雷夫斯案件。此后不久即真相大白，德雷夫斯是被冤枉的，但法国政府却坚持不愿认错。直至1906年德雷福斯才被改判无罪，官复原职，并晋升为上校。

当时这个案子出来以后，在法国掀起轩然大波，有名的大作家左拉为此写了一篇文章《我控诉》[1]，成为知识分子历史上响当当的一个事件。

萧瀚指出，这个案子中还有一个人物也值得大家注意，那就是时任情报处处长的皮卡尔。德雷夫斯案出来以后，整个陆军部都在指控他，等于开动了整个国家机器去压迫他。但皮卡尔觉得德雷夫斯是被冤枉的，要为他辩护，可以想象这在当时的情况下是多么不容易。后来皮卡尔被调到前线战场，等于变相处罚，让他去送死。

首先，他是个军人，怎么能不服从上级命令而去帮助一个军方上下都认为是间谍的人呢？其次，他要对抗的其实是整个国家的极端民主主义，因为当时全法国都非常仇恨犹太人。第三，他与这件事没有什么实际利益关系，甚至根本不认识德雷夫斯这个人，纯粹是凭着自己的良知去为他辩护，最后差点把自己牺牲掉了。这样的人难道不比左拉所做的更难得吗？

书中还提到了法国大革命时期一个非常有名案件——马拉之

---

[1] 左拉1896年1月在《震旦报》头版发表《我控诉》一文，痛斥司法和政府不公，为德雷夫斯冤案鸣不平。2月，军方以“诽谤罪”对左拉提出公诉，左拉被判一年徒刑，罚款3000法郎。

死[1]。马拉是一个恶棍型革命煽动家，雅各宾党人。雅各宾党上台以后，把国家搞得血流成河，最多的时候约莫有五万人被送上断头台，断头台不够用了，就用水淹、火烧、枪毙、集体炮轰，总共处死了四十多万人。在这样的恐怖潮流中，煽动别人杀人的马拉最后自己也被暗杀了，杀死他的是一个二十五岁的女人夏洛蒂·科黛[2]，她不想再眼睁睁地看着整个国家陷入野蛮之中。

问题在于，这样做到底对不对？按常理说，杀人是犯法的，但是如果不杀他，就会纵容更多的罪恶。二战时期有很多人，包括著名的基督教神学家朋霍菲尔[3]都想去刺杀希特勒。一个神学家怎么可以去杀人？基督教教义不是教大家不能杀人吗？法律不是禁止杀人吗？可是希特勒是一个标准的大魔头，杀死他对不

---

[1] 马拉（Jean-Paul Marat, 1743-1793），法国政治家、医生。大革命时期雅各宾党领导人，支持激进的社会改革。1793年雅各宾派当权后，马拉强调要建立革命专政，用暴力确立自由。当年7月在巴黎寓所被刺杀，震动法国。

[2] 夏洛蒂·科黛，出身于没落贵族家庭，在修道院长大并接受教育。大革命开始时，她是彻底的共和主义者，但随着革命一步步走向毫无节制的恐怖和杀戮，科黛开始失望和怀疑。后来她经常参加吉伦特派聚会，并认为共和国不幸的根源就是那个疯狂的暴君马拉。1793年7月13日她刺杀马拉成功，被捕后判处死刑，年仅二十五岁。

[3] 迪特里希·朋霍菲尔（Dietrich Bonhoeffer, 1906-1945），德国神学家，1931年在柏林获基督教神父资格，后赴纽约工作。他很早就觉察到希特勒通过挑起对犹太人的仇恨来发动战争的强权趋势，1939年他决意离开安全而自由的美国，回到德国阻止法西斯暴行。后在一次暗杀希特勒的行动中被捕，遭到杀害。著有《狱中书简》《伦理学》《门徒的代价》等。

对？这是一个可以争辩的问题。

书中还提到了一些有名的律师，比如二十世纪刑法史上最有名的辩护律师克莱伦斯·丹诺（Clarence Darrow）[1]，读法律的人一定都听过他的名字。他是一个美国律师，辩护过的几个案子非常出名，其中一个案子的辩护词被公认是可以让人感动到流泪的。

这案子发生在二十世纪初的芝加哥，有一对年轻人杀了人，丹诺为他们做辩护，在辩护词中除了说他们有精神病之外，最重要的一点是讨论到底死刑能不能代表公正？以牙还牙就叫做正义吗？也就是说，如果一个人死了，让另一个人也去死，就能换回被害人所失去的正义及尊严吗？这是一个值得让全人类好好思考的问题。

（主讲　梁文道）

---

[1] 克莱伦斯·丹诺（Clarence Darrow，1857-1938），律师、演说家。一生代理了许多疑难案件，参与辩护的问题涉及劳工、种族、宗教、地域冲突等，对美国社会产生了深远影响。

波斯战火

第一个世界帝国及其西征

汤姆·霍兰，英国历史学家。著作《卢比肯河》荣获2004年度赫塞尔－蒂尔特曼历史学奖。为英国广播公司改编过荷马、希罗多德、修昔底德以及维吉尔的著作。

《波斯战火——第一个世界帝国及其西征》讲述了两千五百年前波斯人与希腊人的战争。那场战争被视为东西方文明的第一场冲突。了解它，也就可以帮我们理解东方世界和西方世界对立与仇恨的原因。

这本书的副题是“第一个世界帝国及其西征”。公元前6世纪，波斯人在世界上建立了第一个大帝国，并且只凭借一代人的力量，在三十年间迅速达到鼎盛，整个中东地区都被纳入麾下，势力延伸到地中海岸，然后不断西张，直到遭遇了与希腊人的战争。本书援引希腊著名历史学家希罗多德[1]的话：你们为什么如此恨我们？正是当时希腊人对波斯人提出的质问。

---

[1] 希罗多德（Herodotus，约公元前484-公元前425），古希腊作家、历史学家，其著作《历史》一书是西方文学史上第一部完整流传下来的散文作品。

公元前480年，波斯国王薛西斯[1]发动战争入侵希腊。这是波斯人的一次军事冒险，过去几十年迅速而壮阔的胜利早已成就了他们战无不胜的神话。这个从前只生活在现在伊朗南部平原和山地间的无名部落，突然间横扫中东，建立了一个东临印度、西抵爱琴海岸的庞大帝国。薛西斯也成为当时世界上最为强大的统治者。对他而言，能够调用的资源无穷无尽，而希腊与这个威力空前的毁灭者相比，是名符其实的小国寡民了。

其实希腊当时只是一个概念上的国家，它众邦林立，由一系列小城邦拼凑而成。尽管如此，希腊人还是成功地抵抗了波斯人的进攻。最有名的战役发生在一个叫做“温泉关”的地方[2]，故事在二十世纪被多次拍成电影，讲述希腊几百壮士如何在这个险要之地成功阻止了波斯入侵者。试想一下，如果当初希腊人薛西斯的征服过程中屈服了，如果波斯人大获全胜攻占了希腊，现在世

---

[1] 薛西斯一世（约前519–前465），公元前485年继任成为波斯第四代国王。为实现父亲波斯王大流士一世的遗愿，他发誓要踏平雅典，征服希腊，为此精心准备了四年，动员了整个波斯帝国的军力，并在战役发生前遣派使者团进入希腊，劝说各个城邦放弃抵抗，臣服波斯帝国。失败后，他又数次发兵进攻希腊，最后都以失败告终。

[2] 温泉关之战是第一次波希战争中的马拉松战役之后第10年，波斯帝国和古希腊的又一次具有历史意义的交锋。希腊军队在这个狭小的关隘依托优势地形，抵抗了3天，阻挡了在数量上几十倍于自己的波斯军队。据说，波斯人在打扫战场时只找到了298具斯巴达公民的尸体，而薛西斯付出的代价是约20000（也有记载说是7000）波斯士兵的生命。

界上还会有“西方”这个实体吗？西方文明的源头还存在吗？从这个角度而言，这场发生在两千五百年前的战争足以改变世界。

本书作者并非一味站在希腊人的立场上指责波斯帝国，他对这场战争的描述相当客观。书的前半部分一直详溯希腊人和波斯人各自的历史，这绝不单是为了发思古之幽情，而是只有把这些交代清楚，才能深刻地理解这场战争。

就像我们今天看待美国和伊朗的紧张关系一样，伊朗的前身就是波斯帝国，想必伊朗人现在还常常怀念这个人类历史上第一个世界性帝国的昔日光辉。伊朗重新崛起，想要发展核武器与美国较量，这种对立不也是历史的某种延续吗？

（主讲　何亮亮）

上帝之鞭

野蛮征服文明

王族，甘肃天水人，曾入伍西藏阿里，现居新疆乌鲁木齐。写作以诗歌和散文为主，多关注地域文化。出版作品《动物精神》《风过达坂城》《游牧者的归途》等，获第九届解放军文艺奖、新疆首届青年创作奖等。

法国历史学家勒内·格鲁塞[1]在《草原帝国》中写道，阿提拉、成吉思汗，这些伟大的野蛮人闯入了发达的文明地区，他们是被派来惩罚西方古代文明的，他们挥舞着“上帝之鞭”名扬四海。后来，一位中国作家就以“上帝之鞭”为名，记述了昔日三位伟大的野蛮人统帅的丰功伟业，于是有了这本《上帝之鞭：成吉思汗、耶律大石、阿提拉的征战帝国》。

作者王族是甘肃天水人，曾在西藏当兵，后来住在新疆乌鲁木齐。生于斯长于斯的西北背景使他一直沉湎于西域早年的历史时空，对三位曾经驰骋欧亚、建立起庞大帝国的统治者多了一份透彻的理解与分析。

[1] 勒内·格鲁塞（René Grousset，1885-1952），法国历史学家，法兰西学院院士。一生著述颇丰，如《亚洲的觉醒》《中国和她的艺术》《蒙古帝国史》《佛陀的足迹》等，为世界史学界做出了杰出贡献。

提起阿提拉[1]，现在的中国人可能了解不多，他在西方可是一个大名鼎鼎的人物。在古代欧洲，不论是高卢人、日耳曼人、汪达尔人还是斯拉夫人，听到阿提拉的名字就会魂飞魄散，甚至很多母亲在哄孩子的时候会说："安静！安静！阿提拉来了。"

阿提拉是起源于阿尔泰山的匈奴人的统帅，当年他率领着匈奴大军一路西进，最后一直打到罗马。对当时的罗马而言，匈奴人创造的文明程度当然低多了，因此阿提拉帝国是历史上第一个由东方人在西方建立的、野蛮战胜文明的帝国。马克思曾在书中提到过阿提拉，他在今天中国新疆一带留下了很多足迹，作者在这本书展示了搜集到的相关资料。

耶律大石[2]的名气不如阿提拉，作为一位契丹族英雄首领，在现今中国的东北、西北和蒙古一带长期征战，开疆拓土。虽然他也建立了一个帝国，但这个帝国随着他肉体的死亡而灰飞烟灭，因为没有子孙来延续帝国的基业。

---

[1] 阿提拉（Attila，406-453），古代欧亚大陆匈奴帝国领袖，多次率军入侵东西罗马帝国，被欧洲人视为残暴及掠夺的象征。匈奴帝国在他的带领下，版图东起咸海，西至大西洋，南起自多瑙河，北至波罗的海。但在他死后，帝国也随之瓦解消失。

[2] 耶律大石（1087-1143），辽太祖耶律阿保机的第八代孙，29岁考中了进士，成为《辽史》记载中辽朝唯一的契丹进士。军事才能过人，曾领数百铁骑在中亚开辟万里国土。

至于成吉思汗，他的声名无疑最为显赫，他所建立的丰功伟业也远超前两位。在历史上，成吉思汗这个名字本身就成为东西方史学家一个共同的、永久的主题。与阿提拉、耶律大石一样，成吉思汗也依靠游牧民族的铁骑建立起了庞大的帝国，甚至有历史学家认为，正是欧亚帝国的模式首次开创了人类历史上的全球化时代，那个时候，帝国之内的贸易得以畅通无阻，而宗教，文化的传播也达到了一个新的高度。

上帝之鞭对人类文明历史的成长和进化到底起了什么作用呢？是否真的如勒内·格鲁塞所说，是上帝用来惩罚先进文明的一种力量呢？关于这个话题，显然还有着很大的讨论空间。

（主讲　何亮亮）

先上讣告
后上天堂

奇想之年

悼亡之书

琼·蒂蒂安（Joan Didion，1934-），美国女作家，个性独立，20世纪60年代步入文坛，在美国当代文学中地位显赫。她在小说、杂文及剧本写作上都卓有建树，被评为“我们时代最伟大的英文杂文家”。小说曾获美国国家图书奖提名，被《时代》杂志评为“英语世界百家小说”，与纳博科夫、索尔·贝娄等人的作品交相辉映。由其担任编剧的电影还曾获得戛纳电影奖、奥斯卡奖、金球奖和格莱美奖等奖项。

古巴比伦史诗《吉尔伽美什》[1] 很可能是人类最早的一部文学作品，里面有一句非常动人的诗："既然你已经死了，我将披上兽皮，在旷野中流浪。"可见，从文学诞生伊始，人类就已经学会用它表达对亡者的思念。

许多大家都在文学史上留下过优秀的悼亡之作，似乎各种各样的哀悼文字都被写尽了。但最近这本《奇想之年》[2] 依然在英语文学界受到重视，成为一本很有影响的畅销书。

作者琼·蒂蒂安是一位美国高龄作家，年轻时不但貌美，也

[1] 《吉尔伽美什》(The Epic of Gilgamesh)，古代两河流域最著名的文学创作，它也是人类历史上的第一部史诗。早在四千多年前就已在苏美尔人（Sumerian）中流传，经过千百年的不断加工锤炼，终于在古巴比伦王国时期（公元前 19 世纪～前 16 世纪）以文字形式固定下来。它是一部关于苏美尔三大英雄之一吉尔迦美什的赞歌，现在约残缺 1/3，余下有 2000 多行。

[2] 本书被书评家推崇为"伤恸文学的经典之作"，是作者琼·蒂蒂安垂暮之年的真情告白，曾荣获 2005 年美国国家图书奖，获评 2005 年度《时代杂志》《纽约时报》及"亚马逊"十大好书，并登上《纽约时报》畅销排行榜第一位。

很出风头，做过时尚杂志的编辑和电影编剧，同时也是一位出色的作家。很多人认为她的小说和散文可以代表美国当代文学的顶尖水平。

《奇想之年》的文字并不过分考究，但作者写的却是一种过去很少有人写过的状态。一般的悼亡文学往往是在亲人逝世后过一段时间才去写，这样有了一定的距离感，可以放入更多的想象和创造。这本书却是她从亲人去世那一天起就开始动笔，里面很多细致的描写读来非常沉重，而蒂蒂安的故事本身也相当“好莱坞”。

2003 年新年来临之前，蒂蒂安结婚才几个月的女儿因为感染了流行感冒紧急住院。新年那一天，她和丈夫从医院看望女儿回来，丈夫觉得非常累，坐到饭桌前突发心脏病，倒地就走了。过了一年多，女儿也不治而亡。

两件事接踵而来对一个女人的打击未免太大。在这种境况下，她会想些什么呢？她写道，从医院领了丈夫的死亡证明书，回家第一件事就是把从医院带回的衣服和物品，按照丈夫生前的习惯一样一样分门别类放进柜子里，把他的信用卡、会员卡也全都整整齐齐放进抽屉里，一切都跟平常一样。

一个刚刚失去伴侣的人，还会下意识地做跟以前一样的事情，似乎丈夫还没有死，外面的天空仍然湛蓝，两人还坐在饭桌前一起吃饭，可是有人说走就走了，死亡就是如此突然。

在这种巨大的冲击下，人会产生很多不合逻辑的荒谬想象，所谓 magical thinking（奇想）。因为夫妇两人都是知名作家，当晚亲戚来看她的时候，提醒她要赶快通知《纽约时报》的讣闻版记者。她就想，那还要不要告诉《洛杉矶时报》呢？因为这两个城市是有时差的，她突然想到，那是不是洛杉矶还没有发生这件事呢？在洛杉矶时间里面我丈夫还没有死？我是不是还来得及挽回这件事呢？

也许很多人丧失至亲之后都会经历这个阶段。任何亡者生前跟你一起去过的地方、看过的东西，现在只要一碰触，马上会被带进一个回忆的漩涡里，越陷越深。有时候她看到街角的商店开张或关门，就想着回家要把这件事跟丈夫讲。又或者收到丈夫母校普林斯顿大学寄来的毕业纪念册，听他的老同学说起一些往事，她就想我跟他在一起几十年怎么没听他说过啊，我要问问他到底情形是怎样的。有一天她在丈夫的书房接完电话，随手翻开他惯常摊放在书桌上的字典，忽然想到，他查的最后一个字是什么呢？他会不会想透过这个字留一个讯号给我，或者我能从中找出什么预示的痕迹呢？

诸如此类的奇想整整持续了一年。她每天的生活都按照去年的日程来做，每天都在想，去年这个时候我跟丈夫在做什么？她发现自己完全没有办法走出丈夫死亡的阴影。一年后的今天，她才能够确信丈夫真的已经不在了。这没有丈夫跟她在一起的一年，是她生命中的“奇想之年”。

（主讲　梁文道）

临终者的孤寂

死亡并不孤寂

诺贝特·埃利亚斯（Norbert Elias，1897-1990），社会学家，犹太人，1918年获德国布雷斯劳大学哲学博士学位。1933年纳粹上台后，流亡国外，先后到过英、法、荷兰、加纳等国，后应明斯特大学之聘重返德国。其社会学思想被重新发现后，立即对德国社会学的重建产生了巨大影响。著有《文明的进程》《个体的社会》《德国人》《垂死者的孤单》等。

二十世纪七十年代，欧洲开始了一种新的运动，医院开始关注那些根本无法医治的病人。英国的一些医护人员试着给他们一些吗啡或其他可以减轻痛苦的药物，环境上尽量让他们舒适，多让亲朋好友前来探望和陪伴，尽可能满足他们最后的要求，这就是“临终关怀运动”。

随着这场运动的兴起，学术界也发展出一些相应的课题，去研究怎么样恰当地对待将要死亡的人。这本《临终者的孤寂》就是此类著述。

说起来，我和这本书很有缘分。那时候我念大学一年级，有一天晚上在图书馆经过一排书架，一眼就看见这本红色硬皮小册子，书脊上一行烫金小字：The Loneliness of Dying。那么薄的一本小书，却让我感到很震撼，似乎点亮了整个书架。

垂死到底是一种什么感觉？死亡究竟是一种什么体验？那些

知道的人没有一个能够回来告诉我们，他到底经历了什么，他心里的感受是无法与人分享的，因此死亡注定是孤寂的。但是读完此书，我才发现原来作者是要否认死亡是孤寂的这种想法。

作者爱利亚斯是学术界的一个传奇，他的一生见证了现代社会学的创立与发展。1897 年爱利亚斯生于德国，因为是犹太人，二战时不得不离开家乡。辗转多年后，直到 1962 年六十五岁才重返学术界，而且先是到非洲加纳任教，1970 年后才回到德国。那时候大家再看他三四十年代完成的著作《文明化进程》，才发现欧洲还有这么一位被人遗忘的大师。

爱利亚斯写《临终者的孤寂》时，已经八十五岁了，离死亡越来越近，能够深切地感受到临终者的心情，并从一个社会学家的角度去思考什么是死亡。

法国年鉴派历史学家阿利埃斯[1]也有一本讲死亡的书，认为现代人对死亡的态度跟从前的欧洲人完全不同。中古时代欧洲人对待死亡的态度是沉着安宁的，因为那个时候死亡随处可见，尸体腐烂的臭味和人之将死的呻吟是每个人成长经历的一部分。但是现代人却更多将死亡当成一种禁忌，比如过年的时候是不可以

[1] 菲利浦·阿利埃斯，世界著名历史学家，法国年鉴派领袖人物，曾参与编纂年鉴学派的历史巨著《私人生活史》。

谈论死亡的——其实平时我们也很少谈。

想想看，现在一个正常人一生之中有多少机会看到死亡呢?以前人去世的时候，总是在家庭里，一家老小围着送别。现在生老病死都在医院里解决，人死的时候躺在专门的病房里，干干净净也孤孤单单地离开。阿利埃斯得出结论，现代人的死亡是备受压抑的死亡。

爱里亚斯也同意现代人对死亡的态度是禁忌的。他说，衰老本身就是一种禁忌，它将死者与生者隔离开来。衰老者孤立无援，无声无息地从生者的群体中疏离，同他们所爱的人的关系渐趋冷却，告别了那些原本赋予他们意义和安全感的人们。因此晚年不仅对于有病痛者是艰难的，对于孤独者亦然。老人和临终者在这个时代是孤寂的，他们与正常的社会生活和人际关系被完全斩断了。

但是他不同意阿利埃斯之处在于，他认为我们并不必过分美化和浪漫化过去。在现代化国家诞生之前，人的生命是怎样的呢?人的生活充满了各种意外，匪盗四起，疾病猖獗，横死是一件很普通的事，寿终正寝反倒成了人的梦想。就因为生活中有太多的意外，所以人必须要赋予死亡一种神学或宗教上的意义，才能够获得心灵上的安慰。

而现代社会正如他在《文明化进程》中指出的，现代社会相对更文明，这个文明指的是我们每个人对自己情绪的控制、对社会及自然的控制都加强了。当一切都被精密地纳入组织系统并被控制得非常完好时，我们的生活相对来说是安定的，寿命也相应延长了。

我们开始倾向于把死亡看成是一个可以预期的自然结果，因为死亡在日常生活中不太常见，它就遭到排斥和压抑，成为一种禁忌。这也是文明化进程的一个特征，如同我们有些动物性本能被压抑起来一样，比如我们已经不习惯当众擤鼻涕、挖鼻孔等等，这些自然的动作被隐藏在幕后。

对于死亡的恐惧和亲人离世的痛苦，我们也隐藏了起来，没有人愿意随便乱哭了。而在十六世纪的时候，一个大男人说起哀伤的事痛哭流涕很常见。今天大家会觉得当众哭泣很丢脸，旁人也会觉得奇怪。于是，医院里出现了一种状况，那就是在临终者面前，你会发现无话可说，因为我们所有用来表达情感的方式都变得非常内向、非常贫乏了，以至于面对临终者时，唯一能做的好像就是否认他是一个临终者，鼓励他要勇敢地坚持下去，一定会好起来等等。即使双方都知道这种情况不大可能出现，我们仍然要这么讲，不然就会很尴尬。

爱里亚斯说，这使得现代社会的临终者更加孤独，因为人们没有办法恰当地对待他们。现代哲学尤其是存在主义，藉着神秘而虚无的概念，把一种几乎是“唯我论”的形象投射在人类的死亡上。现代人追求的生命意义是一个被封闭起来的个人形象，认为一个人生命的终结是他自己的事情，这使我们在面对死亡时感到特别孤独。不仅社会孤立了临终者，临终者自身的人格也是孤独而扭曲的。

但其实，死亡并不是这样的，死亡没有什么秘密，它只是人生的终点，是人类生命中不可或缺的部分。如果我们不再压抑死亡，我们的孤独感也许会减轻很多。

（主讲　梁文道）

雷蒙德·卡佛短篇小说自选集

谈论死亡时说些什么

雷蒙德·卡佛（Raymond Carver，1938-1988），小说家、诗人。高中毕业后即艰难谋生，业余学习写作，1988年因肺癌去世。卡佛一生作品以短篇小说和诗为主，著有《愤怒的季节》《谈论爱情时我们说些什么》《大教堂》《冬季失眠症》等，被誉为“继海明威之后美国最具影响力的短篇小说作家”。

说到近两年引进国内受到特别关注的外国作家，雷蒙德·卡佛要算其中一位。雷蒙德·卡佛当然是美国文学界一位了不起的大师级人物，很多人说他是“美国版的契诃夫”。当他的作品被译介到中国以后，我觉得大家对他的崇拜已经到了一种神秘的程度——当年他在美国也是这样，短篇小说被当作大学写作课上的经典范本。

最近，在美国文学界有殿堂级地位的“美国文库”（The Library of America）出了一本雷蒙德·卡佛的《Collected Stories》，就是把他所有的短篇小说集结成一册，出版后有一千多页厚。

我自己算是卡佛的一个老牌粉丝了。虽然开始读他的时候，他已经去世了。不过我至今记得初读卡佛时的感觉，那真是非常震撼，觉得自己彻底被征服了。所以我完全理解为什么今天他在中国会有这么多追随者。

雷蒙德·卡佛擅长描写美国中下阶层的生活。他的父亲在锯木厂工作过，是个酒鬼。他的太太以前在咖啡馆当侍应生，后来才当了老师。他自己早年的教育经验也很不完整，干过很多杂七杂八的工作。所以他对底层人物的生活非常了解。

这些人的生活其实是比较苍白的，没什么意思。小说中的人物好像也期待着要发生点什么事，或者你以为会发生些什么，结果什么都没发生，只有一种绝望的气氛在整本书里蔓延。这种气氛也是美国整个中下阶层的体会，而今天越来越多的中国人也有相近的感受了。

但雷蒙德·卡佛并不是一个冷酷的人，他仍然希望人间有一种温润的柔情，比如这本书中有一篇小说《好事一小件》，就能让人从中读出很多正向的希望。

小说讲了一对中产阶级夫妇，他们有个小孩，这孩子有一天放学过马路被汽车撞了，送进医院后虽然抢救了一段时间，最后还是死了。在这个过程中，夫妇俩不断接到蛋糕店的电话，催他们去取蛋糕，原来这个孩子马上要过生日了，他的妈妈早就在蛋糕店预定了一个生日蛋糕。

但这种时候，两人哪有心情说这个啊，最后被催得急了，在电话里跟蛋糕师傅吵了起来，还冲到蛋糕店找师傅理论。本来蛋糕店的师傅也一肚子火气，但在知道了原来等着吃蛋糕的小孩已经过世之后，他就请这对夫妇坐下来，鼓励他们吃一点自己做的面包。夫妇俩在过度悲伤之下，已经很久没好好吃东西了，这时候就勉强放开怀抱，试着吃了点东西。好像喝着热咖啡、吃着黑面包就能暂时忘记一些忧伤。这也算是不幸中的好事一小件吧。

从这篇小说里，我们仿佛看到，在令人绝望的人生中，原来还会有一些可以带给人安慰的东西。比如就算在亲人丧失之后，人还是要吃东西的。食物带给人一丝丝肉体上的满足感，不也是人生中的一件好的小事吗?

最后一篇小说《差事》完全不像卡佛过往的风格。他以前一直写美国，这篇小说写的居然是他最崇拜的契诃夫临死前的故事，而这时候距他自己离开人世也不过几个月而已。

为什么他会写这篇小说? 卡佛在一本文集里谈到，他读契诃夫的传记时发现一个细节，契诃夫死去那天，从外面点了一瓶香槟，和医院里的医生一起喝。他读到这儿，觉得非常神往，为此写了一篇小说《差事》。

契诃夫一直对卡佛有很多影响和启发，两位作家都擅长写出日常生活平凡事物中深刻而独特的意义和韵味。卡佛写这篇小说，其实是透过契诃夫去写自己的人生和写作态度。小说中的契诃夫是个平静而乐观的人，哪怕已经确定自己快要死了，仍然写信给妹妹说自己在一步步好转。

当他知道死亡真的来临时，他让太太给他的杯子盛满香槟，然后跟医生一起喝起来。临死前，他调动全部力气说了一句，真的好久没喝香槟了。然后把酒杯靠在嘴唇上，一气喝干。当太太把空杯子从他手中拿下，放在床头柜的那一刹那，他侧了一下身，合上眼，叹了口气，停止了呼吸。

这让我想起卡佛自己写的一首诗，写的是他自己临死前的感觉。他说他简直像得了意外之财，因为那是他戒酒之后多赚回来的十年生命，到现在才死，觉得一切都值得了。

（主讲　梁文道）

先上讣告后上天堂

讣文分哪些流派

玛里琳·约翰逊（Marilyn Johnson），曾任《君子》杂志编辑，是一名超级讣迷，曾经为戴安娜王妃、杰奎琳·奥纳西斯、凯瑟琳·赫本、约翰尼·卡什、鲍伯·霍普和马龙·白兰度等名人撰写讣告。

我的一位朋友是知名作家，前几年替一个名人写了一篇很有文采的悼词，结果一下子就火了，大家都觉得那篇悼文写得实在太好了，于是很多有钱人纷纷找上门来，花巨资请他写悼文。也许有人会说，文人怎么干这种事呢？可想想看，自古以来，中国文人写下了多少讣文和悼词啊，其中也不乏文学史上的经典之作。

其实我自己就干过这种事儿。念大学的时候，曾为当时一些哲学家、文学家写过讣文，刊登在香港报纸上赚外快。后来慢慢发展到一个地步，我跟一帮同学因为等钱用，连那些还没死的老学者都帮人家写好了讣文，这样等人一死，报社一个电话过来，我稿子立马发过去了，多快啊。

这话听起来挺没良心的，但世界上真的就有人以此为生。这种工作在中国比较少见，因为我们的报纸忌讳这个，英文报纸上却有专门的讣闻版面。像《纽约时报》，每天有一个整版讲今天或昨天有哪些名人去世了。《先上讣告后上天堂》的作者玛里琳·约翰逊就是一位很有名的讣文作家。她的讣文好到什么程度呢？有人甚至开玩笑说，要是我死了能够请她来帮我写讣文，那我宁愿现在就死！

作者说，她做这个工作其实很小心谨慎，尽量不要让别人知道她最近在为谁写讣文。她也总是在猜测，这个城市里谁的岁数大了，身体不好，而名气又大到足以让她提前为他写好讣闻。每天早晨醒来，她都会一阵紧张，不知道她要写讣文的那个人物死了没有？这也许就是她热爱这行的原因，情绪一天天酝酿加压，而你写东西的时候必须偷偷摸摸。因为谁都不愿意知道，原来你已经帮他写好讣文了，对不对？

作为一名资深的讣文作者，她会注意到很多一般人不留意的事情。比如她发现，其实很多人的死亡是彼此相关的。最有名的当然是美国前后两任总统，第二届的约翰·亚当斯[1]和第三届的托马斯·杰弗逊[2]，他们都在7月4日，也就是《独立宣言》签署

[1] 约翰·亚当斯(John Adams，1735-1826)，美国独立运动的主要领导人之一，与华盛顿和杰斐逊一起被誉为美国独立运动的“三杰”。美国第二任总统。

[2] 托马斯·杰弗逊(Thomas Jefferson，1743-1826)，美国开国元勋，《独立宣言》主要起草人，美国第三任总统。

纪念日那一天去世。再比如为《小熊维尼》[1] 中的小熊和小猪配音的两位配音师也是同一天去世的。这种事情还真的只有讣文作者或者讣文狂才能注意到。

什么是讣文狂呢？我在外国真看到过不少。他们会每天剪报，把讣文攒起来，专门看今天谁死了。我有时候看报刊，也喜欢先看后面的讣文版。这并不是八卦，而是个很好的习惯，因为它能够提醒我们，这个社会上有哪些重要人物离开了。

他或者是个体育明星，曾经陪伴我们成长；或者是个歌星，歌声曾使我们愉快或泪下；或许是个政治人物，改变过我们的生活；也许还是一个暴君，曾让这个国家陷入混乱……总之，这些人物在我们生命中逐一消失，难道我们不应该在他们离去的那一天，好好关注并重新反省生命吗？

这本书提到，美国还专门有一个讣文作者聚会。为什么有这样的聚会？因为这些记者和别的记者不一样，别人可以在光天化日之下满世界采访，这些讣文记者每天都在一个密不透风的房间

[1] 小熊维尼(Winnie the Pooh)是英国作家A.A.Milne笔下一只十分爱吃蜂蜜的熊，他其实是小男孩Christopher Robin的玩具熊。Robin想象他和这只熊住在一个叫“百亩森林”的地方，当地还有许多其他的动物邻居伙伴们，像是兔子Rabbit、小猪Piglet、跳跳虎Tigger等等。迪士尼于1966年开始推出“小熊维尼”系列影片，几十年来深获好评。

里偷偷看剪报、找资料，一天到晚琢磨谁快死了，他死了以后我该怎么写等等。那不是像生活在棺材或坟地里吗？所以这些讣文作者看上去也阴阴沉沉的，平时跟人不怎么来往。

但是他们每年都有一个年会，在美国不同的城市召开。据说有一年的年会选德州一个城市，他们定的那家酒店的广场过去是专门处死绞刑犯的地方，其中有些讣文作者居然还煞有介事地开着殡仪馆的灵车来参加。

讣文作者也分很多流派，其中有一位粗犷派的是来自英国电讯报的老手，他的讣文这么写，第三任莫尼班爵士日前于马尼拉逝世了，享年55岁。该爵士以其人品及生平所为，给贵族血缘论的抨击者们提供了丰富的弹药。

为什么呢？作者接着说，爵士生前所从事的主要职业如下：手鼓鼓师、信心满满的骗子、妓院老板、毒品走私犯，以及警方线人……是不是很让人吃惊？

有一年的年会上发生了一件出人意料的事，在大会的最后一天，会场上突然掀起了一阵骚乱，一个同行飞跑进来，嘴里高喊着一句行话：“停下印刷机！”如果报馆里出了大事，他们通常会这么喊。那天发生了什么事情呢？原来就在这些全美国最重要的讣文作者开大会的时候，里根总统去世了。这些人一下就陷入了兴奋中，因为他们中的大多数早已为里根写好了讣文，现在终于可以派上用场了！

但他们也并不只关心大人物。前几年伦敦恐怖袭击案之后，《泰晤士报》曾为一个普通人写过一段讣文：卡西里在邻里中很得人心，他有一个很出名的特点，无论去哪里，花的时间总比别人多。因为他总要停下脚步，和路上遇到的人说几句话，在芬斯伯里公园附近的各家酒吧都挂出了他的照片，以表示对其家人的同情……

（主讲　梁文道）

我们在此相遇

和亡灵神秘相遇

约翰·伯格（John Berger，1926-），英国艺术史家、小说家、公共知识分子、画家，被誉为西方左翼浪漫精神的真正传人。著有《观看之道》《另一种讲述的方式》《毕加索的成败》等多部艺术批评经典。小说《我们在此相遇》（1972）获英国布克奖。近二十年来，伯格一直生活在阿尔卑斯山脚下的小村庄中，着迷于濒临消亡的传统山区生活。

大部分作家都很难避免去写自己的生活。有的作家口头说坚持不写自传，最后仍会弄出一些类似回忆录的东西，只不过写法和风格不同而已。

约翰·伯格这本《我们在此相遇》写得非常玄妙。“在此”指的是一些不同的城市，他在那里遇到了不同的人，比如自己的女儿、情人或以前的老师，甚至遇到了早已经死去的父母。这种写法既像一本回忆录，又像一个虚构小说。

书的开篇是一个很美的故事。有一天，他在里斯本的广场上遇到一位老妇。她以一种异常优雅的姿势坐在一张长椅上，像一尊雕塑那样很久都没有移动。他不禁疑惑了，这样考究的姿势究竟摆给谁看呢?

就在他喃喃自语这个问题时，老妇人突然站起来，转过身，拄着雨伞，以一种让人期盼已久的仪态向他走来。他先是认出了她走路的样子，过了好一会儿才看清她的脸庞，原来她是他的母亲。

可那时候他母亲已经去世快十年了。而且母亲明明是英国人，怎么会出现在里斯本呢？他记得母亲跟他说过，不要相信死人只会待在埋葬她们的地方，其实死人都会回到这个世界来，而且可以到任何一个他们喜欢的地方去。

可是她为什么要来里斯本呢？没有解释。在约翰·伯格笔下，这座葡萄牙城市有着一种特殊的氛围。葡萄牙过去是称霸海上的帝国，后来衰落了，成了今天欧洲最穷的国家之一，它的首都里斯本自然也成了一个充满忧愁的城市。忧愁最适合亡灵。

描述这座城市时，伯格提到一种葡萄牙特有的绘像砖。这种画砖很多人在澳门见过，就是那种蓝白相间，画满了各种图腾、人物传说及精灵故事的彩砖。这些画砖铺满了里斯本，与此同时，墙面上碎裂的白漆、地板上黏附的灰泥以及阶梯上不断重复的图案，又似乎再强调另一个事实，那就是它们正在试图掩盖某种东西。如果说死亡也是一种掩盖，那这些亡灵们是多么适合出现在这座城市啊。

书中有很多智慧的语言，比如他母亲说，在死去的人那边，很多都患上了希望症，就和人间的忧郁症一样普遍。伯格问，你们把满怀希望当成一种病吗？母亲说，这种病的末期症状就是妄想再次介入生命，对他们来说，这可是绝症。显然，母亲再次出现在他的面前，已经患上了这种绝症。

作者说他有一次还遇到了一个死去的老师，那是在波兰的克拉科夫。他小时候经常跟这位启蒙老师一起去剧院看歌剧、相声、杂耍、魔术，还有脱口秀，杂七杂八什么都有。但是这些层出不穷、接连不断的插科打诨最后都指向了某个神秘而诡诈的命题：生命本身就是一场单人脱口秀。

这是他从那些喧闹的表演中得到一种深沉的暗示。我们生活中的每一个人其实都像是舞台上的表演者一样，无厘头地说着单人脱口秀。我们活在这个世界上总是费尽九牛二虎之力去制造欢乐，讨好别人也愉悦自己，似乎只有这样我们才能生活下去，但这样活到最后，我们又得到了什么呢？

后来他又回忆起自己的父亲。他与父亲在伦敦一条小河上相遇。父亲经历过一战，有一天带了一队士兵上战场，回来却只有他一人。从此，父亲的欢乐就永远消失了。只有跟幼小的他一起在河里玩耍时，才能够借用儿子的无邪换回自己的天真。

在与那些有的已经死去、有的还活着的人在世界不同城市再次相遇时，作者对这个世界的观察也在深入。比如他一看到路标就会想到童话故事；“之”字路牌会让他想到跳跃的小鹿，“十”字路口交叉图案以及有落石、险崖危险的交通警告牌则让他觉得幸福。因为与人生真正可能遭遇的危险比起来，这些路标简单到让人心安的地步。而人如果这么容易就能避开人生的危险，那简直就像童话故事里的世界了，不是吗？

（主讲　梁文道）

浮生取义

自杀的哲学问题

吴飞，1973年生于河北肃宁，1999年获北京大学哲学硕士、2005年获美国哈佛大学人类学博士，现为北京大学哲学系副教授。研究领域包括基督教思想、宗教人类学等，著有《自杀与正义：一个中国视角》《浮生取义——对华北某县自杀现象的文化解读》等。

通常我们会觉得自杀是个心理学或社会学问题，吴飞教授这本《浮生取义》却告诉我们自杀是一些哲学问题。

自杀与哲学有什么关系呢？自杀通常涉及人们对生命价值的某些看法，西方社会是禁止自杀的，因为基督教相信生命是上帝赐予的，是神圣的。而中国人虽然也说“身体发肤受之父母”，却并没有严格反对自杀，甚至还推崇屈原等人的做法。

在中国人的心目中，自杀到底和哪些价值观念联系在一起呢？作者从对华北某些地区的自杀现象调查中发现，中国农村的自杀现象往往是因为受了委屈，而委屈和冤枉是不一样的：冤枉属于公共领域，比如被官府冤枉或者在法庭上没有得到公正的判决；委屈则常常是自己在家庭中所依赖或预期的某种关系没有得到实现和满足。

中国人的生命是在家庭生活中展开的，他们相信人格的完满也需要通过建立家庭来实现。中国人喜欢把生活叫“过日子”，怎么过呢？就是出生、成长、成家、立业、生子、教子、年老、寿终这样一个循环。如果这个过程里某个环节出了问题，就是日子没过好。

“过日子”的概念本身不附加任何的好坏善恶，可它又自然区别于西方人假定的那种赤裸裸的自由的生命观念。中国人认为，只有所有的义务和责任都尽到了，才叫日子过好了，才会得到道德上的满足，由此可见家庭在中国人观念里的重要性。

对中国人来说，家庭不是一个机械的地点，它包含着复杂的人际关系。有人际关系的地方就有政治，当然这个政治不是公共领域的政治，只是家庭里面人与人之间的关系。家庭内部的公正很多时候并不牵涉到多么严肃的问题，只是一种感情上的预期。比如你对孩子好，自然也会期盼他将来长大对你好，如果他没有这么做，你会觉得自己受了委屈。这更多的是一种亲密和尊重的关系，情感和政治毕竟是两回事。也许你和伴侣之间很有感情，但你们仍然会存在一些政治关系，当你觉得受到了不公正的对待，觉得受了委屈的时候，情感与政治的张力就出现了。

吴飞通过调查发现，当代中国农村家庭的自杀情况其实比以前更严重。他认为这是一百多年来中国家庭革命成功的一个结果。

家族制度被彻底打破后，父权统治不复存在，男女平等也在某种程度上实现，但这中间又出现了一些问题，就是从前封建家庭里面的那套礼法，即所谓的儒家伦理纲常秩序也被废除了。

儒家把人生看成一个过程，其中每一个步骤都有人应尽的责任和义务，只要把它们都做好了，都完善了，人生就会实现某种程度的圆满。在这个基础上，人才能谈到修养和陶冶自己的人格。

从前中国人家庭里出现矛盾，会有一套礼法规矩在中间调节，现在这个传统中断了，因此当赤裸裸的情感关系与家庭政治公正产生冲突的时候，很多人没有办法排解，就会选择自杀，自杀在某种程度上是一种赌气的行为。

作者举了一个例子，华北一个村子有位老人，因为儿子们不孝顺，一生气就自焚死了。村里人都说，他死的时候很奇怪，先是坐在柴火中间的一把椅子上，把手里的存折和钱都点着，然后大家都忙着去救火。等到火苗灭了之后，就听到老人身体里“哗啦”一声响，人也随之倒在地上，死了。村里人说，那是他腔子里的那口气，心早就死了，就憋着那口气出不来。这该是多大的一口气啊！

吴飞说，这口气可以有几种解释：首先可以理解成因为儿子不孝，老人对他们动了真气；第二，这口气也是他用来支撑自己的毅力，所以他才能够忍受烈火烧灼；最后，气又被理解为一种生命力，他自己把这口气呼出来，才彻底死去。

当然我们也不能把赌气本身当成是委屈的结果，它其实是通过对委屈的积极反抗来维护个人尊严的一种方式。一个人之所以赌气而死，是因为他要捍卫人格的尊严。就像在社会政治里，出现不公平的情况，才会讲“气节”。

在家庭政治中，除了委屈和气之外，还有为面子而死的。书中举了一个例子，孟州县有一位名人周留，在改革开放刚开始的时候就做生意发了财，在当地有钱有势，不过他做人做事的方式很龌龊，后来变得穷困潦倒，负债累累。但他最后自杀不是因为事业失败，而是自己的一个小老婆跑了。

作者说，这是一个很有趣的现象，虽然周留坏事干尽，但周围的人并没有因此歧视他，相反他还成了孟州名人。因为一个人维护自己人格上的尊严，有时候可以与道德上的善恶无关。他可以通过干坏事来取得一定的社会地位和影响，如果他对朋友慷慨仗义，在当地乐善好施，修桥建庙，他依然能够受人尊敬。然而，小老婆的背叛却是他无法承受的，觉得丢尽了面子。

也有很多人认为他自杀是因为想不开。“想不开”什么意思呢？反过来说，想开是一个人很明智，知道什么是“过日子”，也就是从出生开始一直到寿终正寝，能够在各个阶段完成自己应尽的责任。这中间当然也会遇到很多困难和烦恼，但是一个真正“想开”的人，不会为了所谓的尊严和人格盲目地放弃生命。他能够深切洞察人生的终极意义，安然地走完自己的人生。

要完成这个过程，仅凭个人聪明是不够的，还要靠那套叫做礼法的东西。所以作者建议，礼法秩序的教育最好还是像以前那样，重新回到中国的家庭和国家的责任范围中来。

（主讲　梁文道）

孤独六讲

人永远孤独

蒋勋（1947-），生于西安，长于台湾。中国文化大学文化艺术研究所毕业，1972年赴法留学。曾任《雄狮美术》主编，文化大学、辅仁大学、东海大学美术系主任等。在诗、书、画、文学创作、文化批评等诸多领域皆有不凡造诣。

当今高科技使得天涯海角化为零距离，鸿雁传书万里追寻的相思之苦，已成为历史。但就在这个距离已经不是问题的新世纪，孤独却日益成为现代人生活中更为严重的现象。

古人云："一人向隅，举座不欢。"[1]今天的人，只要你愿意，生活中一刻也不会出现寂寞。随时可以呼朋引类、夜夜笙歌，电影、电视、网络……带给年轻一代的娱乐实在太丰富了，人们的生活可以像选秀晚会一样充满了无尽狂欢的可能。然而越是如此，一旦出现孤独，很多人才觉得愈发难以忍受。

其实孤独永远是人类精神生活的一部分，无论外境如何热闹，内心的孤独总是挥之不去的。不过，真正的孤独属于高层次的哲学范畴，或者说，真正的孤独与行为或艺术上的思维方式有关。

---

[1] 出自（汉）刘向的《说苑·贵德》："故圣人之于天下也，譬犹一堂之上也。今有满堂饮酒者，有一人独索然向隅而泣，则一堂之人皆不乐矣。"

《孤独六讲》从这个角度讲述孤独的内涵，从情欲孤独、语言孤独、革命孤独、暴力孤独谈到思维和伦理孤独。蒋勋先生开宗名义就说，孤独没什么不好的，使孤独变得不好是因为你害怕孤独。孤独和寂寞不一样，寂寞不会发光，而孤独是饱满的。

其实，孤独是人一种本质的存在，并无好坏之分，如同情欲，情欲也是孤独的。柏拉图在两千多年前就写下寓言，每一个人都是被劈开两半的不完整的个体，我们终其一生都在寻找另一半，却不一定找得到。因为这个世界上被劈开的人太多了，有时候你以为找到了，其实那只是以为而已。

从这个哲学命题可以看出东西方文化的差异。过去有很长的一段时间，我们都以为自己已经找到了另一半，因为我们一生中只有一次机会，能不能找对都只能如此。儒家文化并不乐于谈论孤独，所谓“君君、臣臣、父父、子子”，一个人感觉到孤独只能说明他的人生不够完整，如果父慈子孝、兄友弟恭、夫妻和睦，又怎么会有孤独感呢？

儒家文化忌谈隐私，或者说不允许个人生活有私密性，不允许别人孤独，要把别人从孤独中拉出来接受公共的检视。甚至因为害怕孤独，我们被迫不断表白，证明自己并不孤独。张爱玲就说，在传统的中国社会里，如果清晨五六点钟起床后，你还不把房门打开来，就会被怀疑你在做坏事。其实，五四运动的重要精神遗产之一就是对抗儒家文化的群体精神，从鲁迅、沈从文到张爱玲，都可以从他们的作品中读到个人对群体主义的批判与抗争。

古今中外凡有特立独行精神的作家、思想家、政治家都有着孤独的傲骨，甚至往往被视为大逆不道的人，他们遭遇社会歧视、谩骂甚至迫害也就不足为奇了。但《孤独六讲》也提出一个悖论，那就是为什么许多年轻时代有着可歌可泣理想主义追求的人，当他们后来获得成功，拥有了权势的光环以后，却渐渐变得猥琐、卑鄙，甚至丑恶、腐朽了呢?

比如汪精卫这个中国现代史上备受争议的人物。他在十七八岁时热衷革命，甚至有勇气去刺杀满清大臣。后来事败被捕，在狱中写下“慷慨歌燕市，从容作楚囚。引刀成一快，不负少年头”，何等的豪气干云！但后来被放出来，走向了政治现实之后，所有的一切却都和那凄美的革命诗篇发生了矛盾，他身不由已地堕落了。

从古到今都不乏这类赢得政权却输掉道德制高点的例子。他们曾经是高贵的孤独者，在成为权力的拥有者之后，精神上却不再拥有昔日的傲骨。而那些在年轻时牺牲了的失败者，也许才会在历史上永远留下高贵诗意的绝美形象吧。如秋瑾，她留给人们的永远是“秋风秋雨愁煞人”[1]的凄美。再如瞿秋白，“夕阳明灭乱山中，落叶寒泉听不穷。已忍伶俜十年事，心持半偈万缘空”，一个共产党领袖临终的绝笔却更像是高僧大德最后的人生感悟。

《孤独六讲》将中西方古典哲学加以比较，说明思维的孤独也是一种哲学的孤独。希腊哲学把推理和思辨的过程视为哲学的重要一环。存在主义哲学最爱用的字眼是“荒谬”，荒谬代表着不合理，生命中的荒谬情景恰恰是激发人思考的最好时机。

而在儒家文化中，不管是孔子还是孟子，都把荒谬情景的思维过程省略掉了，而把思考后得出的结论直接告诉你，如“己所不欲，勿施于人”，这是可以奉为教条的格言，你听后照做就是了，不必有太多反思。

所以受过西方启蒙教育的孙中山在临终前谆谆告诫，如果民众没有自己思考的能力，就谈不上社会的繁荣，国家的强大。

怎样才能使自己产生思维的过程呢？思维需要环境，它不可能在万众欢呼的嘉年华会上出现，它需要的正是孤独的状态。只

[1] 秋瑾被捕后经三次过堂审讯，未作任何口供，仅挥毫写下：“秋风秋雨愁煞人”七个大字，是秋瑾引用清代诗人陶澹如的诗句，全诗为：“篱前黄菊未开花，寂寞清樽冷怀抱。秋风秋雨愁煞人，寒宵独坐心如捣。”

有从人群中走出去的孤独者，才会产生独立的思考。问题是中国人是不怎么喜欢孤独的，我们害怕“枪打出头鸟”，混在群众里反而觉得安全。

像“独与天地精神相往来”的孤独者庄子，他的哲学几乎从未成为中国文化的主流，其重要性远不如儒家，只在魏晋时期影响才大一些。但是他对个体解放和精神自由的追求，以及在孤独中的自我觉醒，却是对人生非常有启发的思考方式。

或许思维的孤独是人生最大的孤独吧。所有的思考者，不管是宗教的还是哲学的，都是孤独的。像苏格拉底，柏拉图将他描述为一个绝对的孤独者，他赞成民主、坚持民主，甚至不惜依照民主的裁决喝下毒药死去。他的死亡让所有民主的崇拜者对民主本身多了一些思考。

而释迦牟尼当年坐在菩提树下进入自己冥想的世界时，他的内心经历了怎样的过程，旁人是无法得知的。艺术创造也是如此。贝多芬耳聋之后一直在孤独的世界里独自作曲，莫内八十多岁失明之后只能凭着记忆默默作画。他们都成了绝对的孤独者。

普通人在生活中也会体验到孤独。比如爬山的时候，人们很少交谈，因为爬山很累，山上的空气又可能很稀薄，你必须把体力消耗保持在最低限度才能行进下去。这时候，你只能听到自己的呼吸和心跳，看到连绵不断的山脉和无尽无涯的苍穹，有时会突然产生一种强烈的孤独感。这孤独感中也许还夹杂着一丝自负，因为这个时候你才真正意识到，自己是存在的，已经跟周围的一切融为一种直观的亲密。

（主讲　吕宁思）

够了！创意

饮馔丛谈

好吃与好色

龚鹏程（1956-），台北人，祖籍江西。台湾师范大学国文研究所博士，学者、教育家，创办南华大学、佛光人文社会学院。著有《文学散步》《汉代思潮》《中国文人阶层史论》等多部学术、时论专著。现为北京大学中文系教授。

人皆好吃，但吃也是有讲究的，不仅要会吃，还要能吃出文化、吃出理念、吃出典故。《饮馔丛谈》谈的就是一些关于吃的感受。作者龚鹏程能文善武，不仅是位学问很好的文史专家，书法、剑道也十分了得。

先看这篇《川中滋味长》，一开始就列出张大千当年宴请张学良的菜单。张大千是四川人，十分好吃，也很懂吃。菜单上列了什么呢？干贝鹅掌、红油猪蹄、蒜苔腊肉、干烧鳇翅、六一丝、蚝油肚条、葱烧乌参、清蒸晚菘、绍酒闷笋、干烧明虾、汆王瓜肉片、粉蒸牛肉、鱼羹烩面、煮元宵、豆泥蒸饺……宾主吃得尽兴，张学良还请张大千在菜单上提了跋语，干脆把它变成艺术品收藏了。

为什么要援引这张菜单？因为这菜单上的很多经典川菜，今天已经很少能在川菜馆里看到了。现在一说起川菜，大家首先想到的是麻辣火锅。其实几十年前，川菜并不是这样的。从张大千这张菜单上，就能看出川菜的变迁。

《辉煌的北京？》这篇文章里，作者打了个问号。在龚先生看来，今天北京的饮食并不辉煌。就说烤鸭吧，以前便宜坊的烤鸭最出名，现在当然要数全聚德了。但不管便宜坊还是全聚德，龚先生认为都没有香港和台湾的烤鸭好吃。为什么呢？以前烤鸭少，基本只有在北京才吃得到，现在大江南北遍布烤鸭店。其次，北京烤鸭都用填鸭，这是一种很残忍的养殖方法。如今养鸭技术有了进步，自然生长的鸭子也能养得很肥美。至于烤制的方法，其实大同小异，所以吃烤鸭并不一定要在北京，就好像现在看京戏不一定要去长安大戏院一样，那儿主要是蒙老外的。

我们常说"饮食文化"，饮也是很重要的一部分。比如葡萄酒，中国人对"葡萄美酒夜光杯，欲饮琵琶马上催"的诗句耳熟能详，可见唐朝时候就有葡萄酒了。但那时的葡萄酒传自西域，中原一带的人大多还是用高粱、米谷来酿酒。一直到了近代，中国才有了自己的葡萄酒。改革开放之后，葡萄酒更是大行其道。

现在中国的葡萄酒在国际上也小有名气了，比如张裕葡萄酒。它的创办者张弼士是潮州人，1857 年到南洋谋生，先后在荷属印度和英属马来西亚种咖啡、橡胶和茶叶。后来渡过马六甲海峡，在槟榔屿成立银行，兴办航运业，成为一代南洋富商。正是他把西洋的葡萄酒引进中国并在中国生根发芽的，这就有了后来的张裕葡萄酒厂。

龚先生也在书中讨论了好吃与好色的关系。古人讲“食色性也”，食与色是人类最主要的两种需求和欲望，人生的快乐也主要与这两种欲望的满足有关。相比之下，西方文化更重视色欲，对食欲的关注稍显淡薄。而他们对色欲的看重其实也是一种反向重视，因为基督教文化是讲禁欲的。显然还是中国人从饮食中得到的乐趣更多。

（主讲　何亮亮）

米其林指南

惹得大厨去自杀

《米其林指南》(Le Guide Michelin)是法国知名轮胎制造商米其林公司所出版的美食及旅游指南书籍的总称，诞生于1900年的巴黎世界博览会期间。其中以评鉴餐厅及旅馆的“红色指南”(Le Guide Rouge)最具代表性，绿色书皮的“绿色指南”(Le Guide Vert)，内容为旅游的行程规划、景点推荐、道路导引等等。

世界上有这么一本饮食指南，它的地位至高无上，可称为饮食指南中的“圣经”。它就是有名的《米其林指南》。顾名思义，《米其林指南》是由一家叫米其林的公司出版的。米其林又是什么样的公司呢？它的标志是由一圈圈胖胖的轮胎组成的轮胎人。没错儿！它就是法国著名的汽车轮胎公司。

为什么一家汽车轮胎公司会去出版一本饮食指南？故事要从 1900 年说起。那时候汽车已经问世，但数量还不是很多，全法国大概只有3500 辆汽车在路面上跑。米其林公司开始推广“汽车旅行”的概念，告诉法国人，开着汽车到处去跑是一件很有意思的事——那样它才能多卖轮胎嘛。所以《米其林指南》是一本专门给司机用的旅游指南，介绍从巴黎到里昂这一路上的城市、乡村，以及有哪些好的旅馆和餐馆——法国人和中国人一样好吃。

法国很多很好的餐馆通常开在一些小旅馆里，也可能是一个大厨师开一家餐馆，同时也开个旅店，方便客人吃完饭之后住宿，这种经营模式很普遍。《米其林指南》起初就是这样一本朴素的汽车旅游指南，但是过了二十年后，它开始独立发行[1]了。到了1930年，这本指南开创了一种崭新的餐饮制度——星级制度。

也就是说，在它介绍的诸多酒店和餐厅里，如果他觉得水准特别高的，就给它一颗星，再后来发现一颗星不够，那就给它两颗星，最至高无上的那种给它三颗星。于是所谓的“米其林星级制度”诞生了。给酒店和餐馆评星的制度就来自这本指南[2]。

这本指南的内容非常简洁，它对一家餐厅的介绍一般不会超过200字[3]。可是它的地位非常权威，以致于很多餐厅的老板

---

[1] 免费提供一直持续到了1920年。米其林兄弟偶然间发现他们精心制作的《米其林指南》被维修厂员工当作工作台的桌脚垫用，因而意识到免费提供的书籍反而会被人视为没有价值，所以决定从当年开始取消免费提供，改为贩售。

[2] 《指南》中对星号是这样定义的：一颗星是同类饮食中风格特别优秀的餐厅，是“值得”去造访的餐厅；两颗星是“值得绕远路”前往的餐厅；而三颗星是“值得特别安排一趟旅行”，甚至是搭着飞机前去用餐的餐厅。评上星级对一家餐厅来说不仅非常风光，多一颗星或是少一颗星还会对餐厅下一年的生意产生巨大影响。

[3] 米其林指南对于餐厅的介绍一般只列出地址、电话、主厨姓名、基本消费、两种当地著名的葡萄酒、三种招牌菜、每年餐厅休馆时间，以及接受信用卡的种类。主要使用下列符号：①叉匙：根据餐厅的表现，给予一到五个叉匙符号；②两个铜板标志：表示提供不超过16欧元的简单餐饮；③交叉的汤匙和叉子标志，表示餐厅的等级，后来又有星星标志作为最高等级。

和大厨都费尽心机想要达到米其林的标准，并拼命按照它的口味去布置。

但是要经营一家能够长年拿到三星的餐厅实在太难了。《米其林指南》每年都出，今年给你三星，说不定明年就摘掉一颗，甚至完全摘掉都有可能。为了保住自己的星星，很多老板和厨师最后甚至到了精神崩溃或破产的边缘。最残酷的是有一位非常有名的大厨，因为三星被降为两星——虽然两星也很厉害，觉得无法接受，在巨大的压力下竟然自杀了。这件事使《米其林指南》备受攻击，大家都觉得这本指南造成了一个很坏的风气。

但是《米其林指南》的业界地位依然很权威，因为它有一套严格的匿名制度。在中国也有一些美食家，这些人不只写文章、上电视，甚至还推出自己的品牌。问题在于，这些人的评价真的可信吗？即使他没有私下收了人家的钱出来说好话，那些餐厅老板看见这些名人来了，自然也会叫厨师拼命弄出最好的菜。所以这些美食家介绍的地方，往往我们自己去的时候会发现很多问题。

米其林的特殊之处在于他采用的是一种匿名的食探制度，就是请一些全职员工，这些人都受过专业的餐饮训练或学过酒店管理，同时也有一些业界经验，对吃喝享受十分精通。这些人一年到头在各个餐厅转悠，很多地方不只吃一趟，还要去好几趟，而且每次去都会像普通客人一样自己花钱，这就有效地保证了评价的客观。而且这本指南也完全没有广告收入，久而久之，大家自然觉得它的评价很信得过了。

这套制度在法国运作得十分完美，后来在欧洲和美国也渐渐推行起来。不久前又在亚洲出了一本东京版的《米其林指南》[1]。但是出现了不少问题，比如他们在东京所选的那家三星餐厅，本地人却公认及不上另一家老店。这就是所谓的文化差异问题吧。

（主讲　梁文道）

---

[1] 2007年米其林在东京推出日文与英文版的《米其林指南——东京篇》，日本成为亚洲第一个被纳入《米其林指南》评选的国家；2008年底，《米其林指南——香港澳门篇》推出，并成为《米其林指南》进入中国大陆市场的敲门砖。

奢迷

人间奢华品

石灵慧，台湾南投竹山人，美国康奈尔大学艺术硕士，曾任路易威登（Louis Vuitton）台湾区总经理，虹策略品牌顾问公司首席执行官。

如果有一个机会，让你尽己所能去购买一些顶端奢华的物品宠爱一下自己，你会选什么呢？《奢迷》这本书谈的就是这个问题。作者石灵慧是台湾一家品牌顾问公司的首席执行官，对于世间奢华物品的迷恋远远超出普通人的想象。

书中举出的第一种奢华物品是 Cashmere 披肩。有一张描绘乌婕尼皇后[1]的名画，画的重点就是这种 Cashmere 披肩，它半透明地笼罩着皇后的身体，看上去又轻又软，若有若无，画家的功力确实厉害。

当年这个东西从亚洲传入之后，风靡了全欧洲的贵族。拿破仑三世特别宠爱他这个再婚的皇后，为了表示对她的疼爱，特地

[1] 欧仁妮·德·蒙蒂若（Eugénie de Montijo，1826-1920）是法兰西第二帝国皇帝拿破仑三世的妻子，人称欧仁妮皇后（也译为尤金妮娅皇后或乌婕尼皇后）。欧仁妮皇后以美貌和时髦著称，成就了许多时尚奢侈品牌，如路易·威登皮具与娇兰香水。

送上了几十条这样的披肩。这种半透明的披肩披在身上像是感觉不到任何东西，却非常暖和，比一件皮大衣还要保暖。更妙的是，这么大一个披肩，大约三米长两米宽，可以轻轻拉过一个戒指而完好无损，因此又叫做指环披肩。

制作 Cashmere 披肩的羊毛产自中亚，特别是中国。这种羊毛产品中最高级的一种叫 Pashmina（帕西米娜），是羊身上最贴近皮肤、最底层的那一层细毛。这种羊毛的取材，不是用剪刀剪或用剃刀剃的，要用一把特制的梳子一下一下梳下来。大概要用十只羊的绒毛才能织成一条 Pashmina，因此也被叫做“帝王的羊毛”。

世上还有比“帝王羊毛”更奢靡的东西吗？有，还有一种更罕有的羊毛是从藏羚羊身上来的。藏铃羊是很可爱的动物，但它的生存环境很严酷，所以它没有足够的蛋白质长出一般羊身上那种厚厚长长的毛，可是它贴近皮肤的细绒毛虽然薄，保暖性却很好。这种羊毛要取下来的技巧更困难，因为它只有人的头发 1/25 那么细。很多猎人为了迅速得到这些羊毛，最好的办法就是宰杀藏羚羊，剥掉它们的皮，再回去慢慢取羊毛。今天藏羚羊几乎到了灭绝的地步，就是因为人类对奢华品的无尽追求。

好吧，难道不杀藏羚羊就没有别的方法享受奢侈了吗？有的，我们还可以吃巧克力啊。巧克力算不算一种奢华食品？当然算。只是我们平时吃的那种摆在超市或杂货店里的巧克力，都只能算巧克力糖而已。因为它能够在常温下摆放，说明它里面放了固化剂或凝固剂。而真正的好的巧克力必须低温保存，一定要放在冰箱里。而最好的巧克力也不是用来吃的，传统巧克力的食用方法从来都是喝的。

历史上发明巧克力的是玛雅人。在玛雅文字里，巧克力的意思是泡沫冰水，所以巧克力的重点在于泡沫，可可油的甘香都在这个泡沫里。这种泡沫要不断地打不断地倒，就像今天马来西亚喝的拉茶[1]一样，这样才能够享受到最美味的巧克力。

（主讲　梁文道）

[1] 马来西亚拉茶，是一种用特殊工艺制作的奶茶，其做法是先将红茶泡好，滤出茶渣，并将茶汤与炼乳混合，倒入带柄的不锈钢罐内，然后一手持空罐，一手持盛有茶汤的罐子，将茶汤以约一米的距离倒入空罐，由于茶汤在倒入过程中，两手持罐距离由近到远，近似于拉的动作，故名“拉茶”。拉茶的目的是令奶茶的口感更香滑，让杯中的奶茶产生丰富的泡沫。

本质或裸体

裸体是文化概念

弗朗索瓦·于连（Francois Jullien,1951-），法国当代哲学家、汉学家，巴黎第七大学教授。著有《迂回和进入》《时间，一种生命哲学的要素》等。

中国文化里最奇特的现象是什么呢？大家可以去找一张《人体经脉图》看一看，难道不觉得有点奇怪吗？经脉与穴位明明是我们用肉眼看不到的，为什么可以画得这么清楚呢？

今天我们都知道人体有肌肉、骨架、血管，可这些东西很少在中国文献里出现，所有中医典籍里的人体图上就只有经脉，而且通常人体比例也会有些问题——上半身一般会比下面的腿长一些。我读到过一本日籍医学史家写的书，他说同样是古老悠久的文明，希腊人的画像和雕塑很注重整个人体的结构是不是合乎比例、肌肉的纹理是不是清晰，而中国人则似乎更沉迷于一些肉眼看不到的东西。到底是什么制约了我们的眼睛呢？

《本质或裸体》谈的就是这个问题。这本书试图从哲学角度思考，为什么中国艺术没有裸体，或者没有画过比例和结构都正常的人体图？作为一个哲学家，作者于连最终想把握的其实还不只是艺术表现上的差别，而是文化思考方式的差异。

西方艺术史上的裸体无处不在，从希腊一直到现代，裸体是每一种艺术形式、每一代艺术家的试金石。西方艺术家在练习素描时，都要经过对裸体画法的掌握。文艺复兴时期每一个艺术家对裸体艺术的表现都很精到，尤其是达·芬奇，他的伟大之处就在于对人体结构的精密掌握。

那么，什么是裸体呢？有一位叫克拉克[1]的艺术史家对“裸体”和“赤裸”做出了精确的区分。他说，假如我现在对着镜头把衣服脱光，这叫“赤裸”；而如果有人要画我或拍我的照片，并且是经过考虑的，那才叫“裸体”。所以，“裸体”并不是没有穿衣服，“裸体”其实是穿了的，穿的是什么呢？是艺术家给他一种表现形式、一种氛围。从这个角度看，“裸体”不是一个生理概念，而是一个文化概念。

书中提出一个观点，认为“裸体”也代表欧洲哲学传统的一种思维方式。万事万物的背后都有一种不变的本质，这个本质是你拨开表象才能看到的，而“裸体”就是人的本质。希腊裸体雕像所体

[1] 肯尼斯·克拉克（Kenneth Clark，1903–1976），英国美术史家，曾任伦敦国立美术馆馆长、牛津大学美术史教授、英国艺术理事会主席等职。另著有《文明史》和《风景画论》等。

现出来的人的本质到今天都没有什么变化，人的裸体一直是这样的，这就是裸体的意义，它是西方人追求永恒不变的人的本质的表现。

那么，难道中国人就不追求本质了吗？中国一些名画画马、画花鸟、画昆虫，都画得很仔细，栩栩如生，说明中国画法完全有写实的能力，但是我们却从来没有写实地画过人。就连《春宫图》里面的人体也是不合比例的，好像两个失真的皮囊。而人物身边的道具，像床、房屋、家具我们却都画得很精准，这是为什么呢？作者认为，这是因为中国人讲究的形与西方人讲究的永恒不变是不一样的，我们所讲究的形永远都在变化之中。

中国人并不追求本质的不变，反而认为人是在自然环境中不断变化的，人与身边所有事物的关系也在变化中。所以中国的人物画更强调衣袖如何飘动，衣服的皱褶和线条怎样体现出一个人的气质。

“气”是看不到的，可是中国的画家偏偏要把它画出来。那些画只想捕捉过程中的一个局部或瞬间，而不是这个事物的本质。所以中国画中的人是不能脱衣服的，只有透过他的衣服和动作的变化，才更能表现出他是一个什么样的人，生活在什么样的社会环境之中，这就是中国艺术关于人体的观念。

（主讲　梁文道）

碧娜·鲍什

艺术由问题开始

尤亨·施密特（Jochen Schmidt），德国电视二台（ZDF）戏剧频道编导，主管戏剧和舞蹈节目，德国舞蹈界权威舞评家与史学家。

当大家都在怀念舞林天王、流行歌曲王者迈克尔·杰克逊的时候，有很多舞蹈爱好者却在沉痛悼念他们心目中的另一位王者：碧娜·鲍什（Pina Bausch）[1]。

也许很多中国观众都认识她，几年前她来华演出，曾引起许多争论，可以说完全颠覆了我们对现代舞的理解。碧娜·鲍什是德国最有名的舞台明星，很可能也是过去三十年来对现代舞蹈界影响最大的人，可是前段时间她突然去世了。

碧娜·鲍什的作品被称为舞蹈剧场，是一种具有戏剧元素的舞蹈，跟传统形式化的现代舞完全不同。这虽然不是她的首创，却是她把它发挥到淋漓尽致。她最有名的作品是《穆勒咖啡馆》，

[1] 碧娜·鲍什（1940—2009），德国人，现代舞编舞者，作品以悲伤融合幽默知名。代表舞作有《春之祭》《热情马祖卡》等。她的舞蹈剧场（Tanztheater）和美国后现代舞蹈（Postmodern dance）及日本舞蹈（Butoh）并列为当代三大新舞蹈流派。

这是西班牙著名大导演阿尔莫多瓦的电影《对她说（Talk to Her）》中的一个片段，电影中拍摄的是碧娜·鲍什的真实演出。当时，男主角坐在台下看到这台演出时哭了。它的确是能够让人流泪的。

那是一个非常感人的片段，女舞者蒙上了眼睛在舞台上跳舞，在她旁边摆满了咖啡馆的凳子，它们代表着危险和障碍，会把她绊倒，让她受伤，于是前面那个男人就竭力想为她扫除一切障碍，那是一种无比敏感、充满了保护色彩而又脆弱无比的关系。

《碧娜·鲍什》是一本传记性著作，作者尤亨·史密特多年来一直在关注和研究碧娜·鲍什及其作品。舞蹈剧场跟传统舞蹈的不同之处在于，最早的现代舞舞台都是空荡荡的，没有什么华丽的背景，而碧娜·鲍什的舞台却常常令人大吃一惊。有时候她的舞台会铺满鲜花，有时又会变成一片草地、一汪水或一个湖……舞台效果本身就很令人震撼。

她用的音乐也很特别。事实上，自芭蕾舞诞生之日始，舞蹈总是跟着音乐走的，比如柴可夫斯基为芭蕾舞写过一首曲子，由编舞家再按照曲子提供的韵律、情绪和节奏来编排舞步。碧娜·鲍什不一样，她会任意使用从流行到原始的各种音乐元素，而且她并不依靠它们，而是用它们来烘托舞蹈，甚至跟自己的舞蹈做一个对话。这是一种很特别的做法。

正如碧娜·鲍什自己所言："我在乎的是人为何而动，而不是如何动。"这也正是她的舞蹈为什么如此感人的原因。从芭蕾舞到现代舞，大家通常都很关心技术和形式上的问题，很多人觉得现代舞很抽象，看不懂，就是因为我们太关注它的形式，过于关注舞者怎样展现他的身体——腿劈得好不好，空中旋转了几次等等，而碧娜·鲍什首先关心的不是这些动作，而是——为什么人会有动作？

她的舞蹈很有智慧，充满自信，是一种讲究理性思考的舞蹈。她的每一个舞蹈都是对观众的挑战，这种挑战到了一定程度就会出现很多状况。她一开始率领乌伯塔尔舞团演出的时候，会被当地观众吐口水，接到很多骚扰电话。他们觉得这怎么能叫舞蹈呢？跳舞的人怎么能在台上又说话又演戏呢？还有那些古怪的动作，整个人一下子摔倒在一滩泥灰里，起来之后满身乌黑，一点都不美，怎么能算是跳舞呢？

这正是碧娜·鲍什的特点，也是德国现代舞的特点。它不大关心舞蹈的技法和风格，反而比较关心舞者的想象力以及他们所思考的问题。她说过："舞蹈从来都不是从脚步出发的，脚步经常从其他地方而来，绝不是来自腿部，我们在动机里面寻找动作的源头，然后我们不断做出小舞剧，并且记住它们。"她的这种编舞方法很有启发性，许多现代舞蹈家都向她学习，不只用来编舞，甚至用来编排剧场演出。

她的排练方法是这样的：坐在舞者对面，然后逐步向她们发问，比如在婴儿或孩子身上可以看见什么？被你遗忘而感到惋惜的事情是什么？大家一起去思考这些问题，再试着用动作去呈现这些情绪，最后把它搬到舞台上。

我自己最震撼的经验是看她的《康乃馨》，整个舞台上摆满了康乃馨，到了最后，舞者一个个走到台前，告诉观众我为什么要跳舞。有的男舞者说，因为我喜欢另一个女舞者，所以我跳舞；也有人很坦白地说，因为我不想服兵役……

我们总是很关心他们怎么跳，却从来不关心他们为什么跳。难道艺术不正应该从这种最基本的问题开始吗？

（主讲　梁文道）

在音乐与社会中探寻

艺术作品的“污点问题”

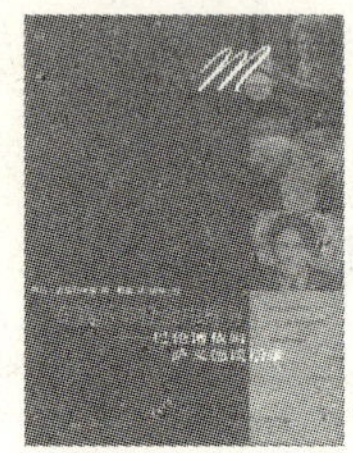

阿拉·古兹利米安，1998年任卡耐基音乐厅高级总监及艺术顾问，并担任阿斯本国际音乐节及洛杉矶爱乐乐团的艺术总监。

有一个问题常常使我们为难，假如一个艺术家同时是个坏人，那么我们该如何对待他的作品，不管其作品有多么出色？一个作家，如果被发现当年是投降日本的汉奸，那他的作品是不是也充满了“汉奸思想”，读多了便会毒害我们的意识？

此类问题无处不在，比如德国古典音乐大家瓦格纳[1]，他的音乐成就很了不起，但是很多人却对他十分反感。二战期间，纳粹德国将他奉为官方音乐家，虽然当时瓦格纳已经逝世，但他的言论及作品却反映出浓厚的反犹意识。

---

[1] 威廉·理查德·瓦格纳（Wilhelm Richard Wagner，1813-1883），德国作曲家、剧作家、指挥家、哲学家。主要音乐作品有《女武神》《众神的黄昏》等，音乐具有宏伟的气魄，富有改革精神。据说希特勒曾叫人专门为他演出瓦格纳的作品，并感动得流泪。青年时期的瓦格纳思想倾向于“德意志”，写过许多狂热激进的文章，甚至参加过德累斯顿的革命，并认同戈比诺（Arthur de Gobineau）的雅利安种族主义理论。由于瓦格纳的反犹太主义思想以及纳粹的原因，以色列国内一直禁止上演瓦格纳的作品。

问题在于，我们真的能够从那些抽象的音符中辨识出反犹思想吗？一个人听多了瓦格纳的音乐就会自然而然地仇恨犹太人吗？

《在音乐与社会中探寻》这本对话录是由音乐家丹尼尔·巴伦博伊姆[1]和著名学者萨义德[2]共同完成的。萨义德这个名字对中国学术界而言再熟悉不过了，一谈起流行的东方学、东方主义、后殖民，你绝对不能忽略已经去世的大师萨义德。喜欢古典音乐的人也都知道丹尼尔·巴伦博伊姆是位了不起的指挥家、音乐家。一位是音乐家，一位是文学评论家，两人的共同喜好是音乐，对音乐都有着超乎技术和艺术层面的某种社会思想意识的探寻。

这两个人的身份也很有意思。萨义德是巴勒斯坦人，常年在美国教书，却一直在为巴勒斯坦的坎坷命运而呼吁，谴责以色列的种种暴行。但他又同时被巴勒斯坦人视为叛徒，因为他也常常批评巴勒斯坦人的反犹思想。萨义德一直试图说明，艺术作品从

---

[1] 丹尼尔·巴伦博伊姆(Daniel Barenboim)(1942-)，以色列钢琴家及指挥家。天才儿童，八岁登台。先后指挥过以色列爱乐乐团、费城管弦乐团、纽约爱乐乐团、伦敦交响乐团、英国室内乐团等。擅长演奏贝多芬和莫扎特的钢琴作品，演奏风格以浪漫热情服从于古典形式，使形式与内容达到平衡而著称。

[2] 萨义德(Edward W.Said,1935-2003)，哥伦比亚大学英国文学与比较文学教授，当今世界最具影响力的文学与文化批评家之一。代表著作有《东方学》《文化与帝国主义》《知识分子论》等。

来不是我们表面上看到的那么简单，它总是与一个作者固有的具体政治立场相关。

巴伦博伊姆的身世也很奇特，他是以色列人，虽然在阿根廷出生，却一辈子爱着以色列，拿着这个国家的护照，却又破天荒地首次带领交响乐团在以色列演奏了瓦格纳的作品。这对很多以色列人来说是绝对不能接受的，这一举动当时甚至受到以色列文化部长的谴责。对以色列人而言，他们一听到瓦格纳就会想起历史上悲惨的民族命运，想起当年纳粹的大屠杀。据说在进行屠杀的过程中，那些侩子手有时候还会放背景音乐，大多数都是瓦格纳。

这样的两个人碰在一起，会擦出什么样的火花呢？首先，萨义德说他支持巴伦博伊姆的做法，认为他对以色列人演奏瓦格纳也无可厚非。虽然瓦格纳有反犹思想，但并不表明以色列人就不能听他的音乐。因为音乐太复杂了，正如所有的文艺作品都会有作者的某种政治倾向表现出来，但是我们却不能把这个作品的一切都还原到他的政治立场上去读解。

萨义德一直很关注纯粹的音乐与世界的联系，或者说艺术与社会的联系。他说今天的这个世界力求专业化，这一点与以前的音乐不同，以前的音乐总是与社会有着紧密的关系。巴哈的音乐为教堂而作，莫扎特的音乐为赞助人而作，但是今天的很多音乐家则希望为了艺术而艺术，这样是不是更纯粹呢?

如果你也关心这个问题，同时又很熟悉古典音乐的发展趋势，就会知道过去三十年来有一种运动叫做 Authenticity the Movement，追求本真性。按照它的说法，我们今天演奏贝多芬的方法是错误的，因为贝多芬时代没有那么大的交响乐团。甚至我们演奏的巴哈也是错的，因为他那个年代还没有现代钢琴，应该用当年的琴去演奏才能够还原音乐本身。

这就是一种艺术上的纯粹主义了。不过这两个人对此都不敢苟同，他们都认为这个世界很复杂，不可能存在纯粹的艺术，正如你同样不能把艺术单纯解读为政治的附庸一样。假如你固执地追求复活当年的原样，一定要原汁原味地去演奏贝多芬与巴哈，那其实并不是追求回到过去，而是为了回答现在的问题。

举例来说，如今社会上流行“国学热”，但这并不表明我们都想回到过去。“国学热”背后真正关注的不是过去，而是当下。正因为我们都觉得现在的生活出了问题，对今天并不满意，因此才想回到过去。而这个对过去的看法，又怎么可能百分百就是过去的人所看到的过去呢?

关于这个问题，巴伦博伊姆有很多绝妙的想法。比如他与萨义德谈到音乐的演绎能不能只按照演绎者的看法，而不用管这个曲谱本身的限制？巴伦博伊姆认为，当然不能，因为音乐有它的自然规律，这个规律就是声音在房间中的效果，空间与时间这些物理性质的限制是不能被忽视的。

他最妙的一个观点是认为所有的音乐都是从无声到无声之间的过渡状态，一开始没有声音，到最后也没有声音。作曲家们要有勇气对抗这个自然趋势，就是所有的音乐迟早都会变为无声。就好像你拿着一本书，不用丢，只要一放手，它就会自动掉落。所以音乐从一开始演奏，就像人必将死亡一样不可避免地要走向无声的境地。

因此他们得出结论，为什么贝多芬的《命运交响曲》最后总是那么雄壮，给人一种想要抗拒命运的感觉？因为它想要抗拒的就是这首曲子本身的终结。

（主讲　梁文道）

Why do architects wear black？

为什么设计师喜欢穿黑色

大家有没有注意过一个奇怪的现象，就是每当时装展览结束的时候，一群模特们从幕后鱼贯而出，这时候大家会用掌声去迎接真正的主角——时装设计师。

不过这些时装设计大师的衣着往往很不时尚，与他们设计的那些花哨衣服简直不搭调。最有代表性的就是阿玛尼，在镜头里从来都穿一件黑 T 恤。其实很多时装设计师都偏爱黑色，他们最爱穿的不是黑衬衫就是黑西装，连建筑师也常常如此。

为什么不同行业的设计师都喜欢穿黑色？这些创作人才明明

引领着世界潮流，自己穿的东西却好像一点不入潮。这是一个有趣的现象。有一本书叫做《Why do architects wear black？》，为什么建筑师穿黑色？值得一提的是，这本小书本身就是黑布封面。书的编辑科杜拉·劳（Cordula Rau）的想法很有意思，他分别给世界各地大约上百位著名设计师写信，请他们谈谈自己喜欢穿黑色的理由。

这当中只有一个中国设计师收到问卷，就是艾未未。艾未未用中文回答他说，为了消失，在世间消失。这真是一个浪漫的答案。作者把很多人的信原样登出来，旁边加上英文翻译，好让你清楚那个设计师到底是怎么说的。

有的答案很简单，就是因为穿黑色简单，或者穿黑色让人看上去比较瘦。也有人答得很详尽，比如伦敦一个设计师讲了两个理由：第一，设计师都希望在他们的建筑设计面前显得比较中性，而黑色是一种比较中性的颜色；第二，黑色更适用于他个人是因为他是个色盲。真惨，一个设计师居然是色盲！

来自柏林的建筑师杜伯斯说，因为黑色不需要我们再去做决定，而在这个世界上，我们每天所面对的不稳定的东西太多了，现在起码有一样东西不需要我去做决定，那就把它当成固定制服吧，它让我很有安全感，很安心。

日本建筑师青木良的答案居然是，因为建筑师在某种意义上都是共产主义者。这多少有些莫名其妙，共产主义者跟黑色有什么关系吗？有一个很红的建筑师哈尼，他的答案居然与艾未未很像，只不过他用英文回答说，穿黑色是为了在空间中消失。艾未未则是在世间消失。还有一个著名的日本建筑师，他其实对这一点颇有成见，他说，为什么我们这行每个人都穿黑色呢？我本来很想穿些亮一点的颜色，但不知道为什么，最后还是穿了黑色，真是太可悲了。

也有一些设计师拒绝穿黑色，比如北京奥运体育场馆鸟巢的设计师赫尔佐格，他说我不能够想到任何事情跟黑色有关，因为有太多建筑师穿它了，所以我绝对不会穿黑色。还有一个我很喜欢的纽约建筑师皮特·埃斯曼，他的答案更简单，只有一句话——我不穿黑色。

看完这本书，你得到满意的答案了吗？这些人为什么穿黑色呢？我们也可以找到一些文化的遗传。十九世纪末的时候，伦敦有这么一群人，他们的衣着非常考究，类似中国的纨绔子弟或花花公子。这些人变态到一个程度，就是非常喜欢修饰自己，甚至每天要花 3 小时才能出得了门。可是你不要以为他们穿得很花哨，恰恰相反，他们也最喜欢穿黑色。

同样是黑色，他们却非常喜欢讲究细节，布料用的是埃及亚麻还是棉花，这些你可能完全看不出来，对他们来说却是很要紧的。这些人非常关注自己的外表，但又总喜欢装出满不在乎的样子。

在十九世纪末的巴黎，也有这么一群浪荡子，用本雅明的话讲是把世界当做自家客厅的人。他们每天在城市中漫无目的地游荡，城市越是热闹，周围人越是匆忙，他越要装出一副冷漠的表情，显出自己的不在乎。

其实穿黑的潮流还可以往上追溯到十六世纪的荷兰。那时候很多荷兰商人都是清教徒，按照教规他们是不能过于追求世俗享受的，但是他们又赚了太多钱，于是就在衣服的布料等细节上大为讲究。因为宗教的原因，他们通常只能穿黑。于是久而久之，很多人就觉得穿黑其实是一种很特别的奢华，其实是把钱堆砌到一些看不到的地方。这也是很多人私下觉得那些设计师喜欢穿黑的原因，其实就是——闷骚。

（主讲　梁文道）

够了！创意

一辈子只做五样东西的设计师

里奇·戈尔德（1950–2003），横跨艺术、学术及商业领域，既是达达主义艺术家、制造业专家、电脑玩家、玩具设计师、漫画家，也是工程师、制片人、企业形象策划、未来学研究者，同时还是世界经济论坛成员。被誉为“我们这个时代最具创造力和最不平凡的人物”之一。

很多做电视节目的朋友都声称，自己平时是不大爱看电视的。他们不但自己不看，还不让孩子看，甚至劝别人的孩子也不要看。为什么呢？他们说看电视太浪费时间了，现在电视节目那么多，孩子们老惦记着看电视和上网，还不如好好读些书，或者做些别的更有意义的事情呢。

这听起来还真是挺矛盾的。其实这个世界上总是充满了各种各样的矛盾，很多人每天制造出大量的东西，其实连自己都不是很真诚地认可这些产品。那么，该如何面对这种矛盾？《够了！创意》就提出了这个问题。

作者 Rich Gold 现在已经过世了。他是个漫画家，也设计电脑动画和电子游戏，给美泰公司[1]设计过玩具，给全录公司做过

[1] 美泰公司（Mattel），全球最大的玩具公司，总部位于美国加州，在儿童产品的设计、生产、销售方面处于世界领先地位。

全方位运算研究，同时还有过科学研究的经验。总之是多个领域里的创意奇才。

《够了！创意》是他演讲稿的结集，其中部分内容几年前就在网络上流传，在艺术设计的圈子里非常流行。后来麻省理工学院把这些演讲稿结集起来出了这本书，书的英文名字是《The Plenitude》，中文又译作“繁华时代”。这个词听起来好像很正面，但作者要表达的到底是什么意思呢？

Rich Gold 说，我们现在生活的这个世界是什么样的？只要看一看自家的厨房就知道了。在每一个普通厨房里，我们都可以轻松地计算出上千个 Fractal[1]。这个词是从分形几何学里来的，也就是说每个器物、每样工具甚至每样食品都是复合体。

比如我们看一个微波炉，这个微波炉要有一个门，还要有按纽、电线，它是由很多物件构成的。就连一包零食或一盒饼干，我们都要先打开盒子或袋子才能拿到它，有的说不定里面还会有一个独立包装。这样算起来我们每个人家里的东西真是非常多。

---

[1] 分形（fractal）理论是非线性科学的重要组成部分，不同于传统的欧氏几何以零维、一维、二维、三维、四维对应的点、线、面、体和时空来描述物体的形状，而是用“分维”（fractal dimension）来描述大自然．事实上任何物体的微观平面都是凹凸不平的，因而欧氏几何所描述的对象严格来讲在现实生活中是不存在的。

更可怕的是，每一件物品在满足我们欲望的同时还会诱发我们对更多事物的需求。比如喝汤需要汤匙，看电视需要遥控器。于是物品彼此之间相互关联、相互依赖、共同演化。当你拥有了一件东西，往往就需要另一件来使它的功能更完善。这些厨房用品甚至像迪斯尼电影里头所呈现的那样，在我们背后就开始对话、聊天、跳舞。

但是有时候想一想，我们真的需要这么多东西吗？这些东西都是怎么来的呢？这就有点像自然界，自然界的演化也是从简单到多样，数量和种类越来越多，越来越丰富繁杂，这样的状态就被作者命名为 Plenitude。

生活在这样一个繁华时代会怎样呢？作者举了一个例子，比如在演讲厅里听报告的时候，你会注意到在场每一位听众穿的衣服是不一样的：不同的颜色、不同的款式、不同的材质。想想看，要做这么多种不同的衣服，需要多少布料设计师、服装设计师，以及工厂、裁缝、物流商、服装店、广告商？要有成百上千人共同参与才能制造出这么多衣服。更令人吃惊的是，如果每个人第二天重新回到这个演讲厅来听演讲，你会发现大家的衣服又全变了！

生活在这样一个被大量物体包围的世界是不是一件好事？那

就不一定了。物质世界的缤纷繁复令人无法喘息，它淹没了美，也淹没了个性。即使有人能以奇迹般的自由意志做出一件别具一格的衣服，也很快会被别人复制生产出来。

但物质其实不只是工具，它是有象征意义的。比如汽车不仅是交通工具，还可以成为身份和地位的象征。我们常常会赋予物质不同的意义，这往往可以通过一种命名来实现。如果我们把香烟重新命名为尼古丁输送器，你对它的感觉还会跟从前一样吗？物质的世界同样也是一个意义丰富的世界，而这种丰富恰恰淹没了个别事物的意义。

你可能在买每一件衣服的时候都会想象，穿上这件衣服我就能变成具有某种格调的人；买一支笔，你也会想象自己用上这支笔会像广告里那个老板一样，有着英明决断的领袖风范；甚至买一个沙发，你也会觉得自己的家变得像广告里一样特别 Modern 和有品位。但是，这么多繁杂的意义混乱地堆在家里，它们会不会互相重复、彼此冲突呢？这就带来了物质过剩的问题。

Rich Gold 身为一个设计师，常常会陷于这样的矛盾中。设计师的工作是每天都要想办法设计出更多的东西。可是像家具这种本来可以一辈子使用甚至世代相传的物件，如今也像衣服一样可以按照季节更换了。所以 Rich Gold 说，他很想提出这样一个建议，就是每个设计师都要规定自己一辈子只做五样东西，而且保证每件东西都浸透了自己一生的心血。这样我们的生活中也许就会少很多垃圾。这是不是一个很有价值的建议呢?

（主讲　梁文道）

冷静的暗房

每一张照片都是一种悼念

李昱宏，台湾学者，英国布里斯托大学艺术硕士，主修电影制作；后在悉尼科技大学攻读创作艺术博士，研究摄影美学中的决定性瞬间。发表过大量旅行文学与摄影作品，如《欧游的鳞爪》《冰岛日记》《眼睛的秘境》《动物狂想曲》等，多次获得国际摄影奖。

前不久和一个台湾朋友聊天，说起现在一些 80 后的台湾年轻作家。有一回，她带了几个年轻女孩去一位文坛老前辈家做客，一进门就看到桌上放了个指甲剪。女孩们都光脚穿着凉鞋，忽然兴奋起来：“这个指甲剪好特别，我想借来剪一下脚趾甲行不行？”老前辈呆住了：“你就在我客厅剪脚趾甲？”“是啊。”女孩还真的剪起来，边剪边夸“好用”。旁边的女孩说：“真的吗？那我也要剪剪看！”结果五个女孩第一次去老前辈家做客，就在他家客厅里先剪了一轮趾甲，而且整个过程都拍照记录下来了。

这里想说的重点其实不是剪趾甲，而是拍照。我发现 80 后和 90 后的一个最大特点是喜欢拍照，无论什么场合什么时间，都拼命想要记录下自己身边发生的事情。当然，如今拍照片也太容易了，甚至不需要专门的照相机，手机就够了。而且又有那么多发布照片的渠道，有博客或 MSN，还可以通过彩信广为散发。

这是一个影像泛滥成灾的时代。要了解这样一个时代，首先必须了解，到底什么是摄影？这个问题很多西方美学家都研究过，台湾年轻学者李昱宏在《冷静的暗房》中提出了独到的见解。这本书试图从旧有秩序中发现新的摄影元素，并结合亚洲尤其是中国的独特环境，融入美学与哲学的论证，厘清了许多关于摄影的重要命题。比如书名《冷静的暗房》，就意味着旧有的摄影时代的消逝，暗房日趋沉静，其中的药水与放大机已渐渐不再使用了，几乎所有的摄影者都迎向现代之光，而那道现代之光是由数码构成的。

科技进步使得数码摄影成为极其普遍的记录方式，但在作者看来，摄影数码化使得人们舍本逐末，往往忘却了摄影的目的，而陷入一种僵化的思考逻辑，将传统摄影拱手让于数码世界。网络传播也取代了旧有的沟通模式，摄影的未来将如何发展？已成为一个非常有趣的议题。

作者本身也是位摄影家，书的关注点既有类似田野考察的课题，也关注当下流行的摄影形式，如婚纱摄影。不知道有没有人注意过，现在大陆越来越多的婚纱摄影公司都标榜他们的摄影师是台湾人，或声称是台资，而这个潮流其实早几年就在香港出现了，很多香港新人结婚会特地跑到台湾去拍婚纱照。台湾的婚纱摄影公司确实非常特别，经营方式是全世界没有过的。它声称“全包”，比如新郎、新娘穿什么衣服，住什么酒店，在哪里拍照，整个旅程从吃穿到选景全部包下来。这个模式最后在整个华人圈子里大行其道。

由婚纱摄影公司，作者居然想到了美国的纪实摄影先驱保罗·史川德（Paul Strand），这是一个很有人文色彩的左翼摄影师[1]，他的方法与法国的布列松[2]不同。布列松讲究“决定性瞬间”，为了这个瞬间他可以等待，也许几个小时才拍一张照片。史川德不一样，他会像个记者一样去访问被摄者，跟他们聊天，最后引导对方走向他早就等待的那一刻，等待着被摄者说出某一段话，捕捉到自己想要的种种表情和神态动作。

台湾的婚纱摄影也是如此，他们设计整个环境，而这个环境是人工营造出来的。比如弄一个欧洲古堡一样的建筑，好像照片真的是在欧洲拍摄的一样。或者找到一些很美的地方，像一大片

---

[1] 保罗·史川德（Paul Strand，1890-1976），二十世纪美国摄影界代表人物。其影像生涯极长，一直孜孜不倦地拍到八十六岁逝世为止。一生涉猎过的题材极广，人物、风景、静物、抽象，无一不精，被称为“影像英雄”。

[2] 亨利·卡蒂埃－布列松（Henri Cartier-Bresson 1908-2004），法国著名人文摄影家，被誉为“现代新闻摄影之父”，是“决定性瞬间”（the decisive moment）理论的创立者与实践者。这种美学观念特指使用抓拍手段，在极短暂的几分之一秒的瞬间将具有决定性意义的事物加以概括，并用强有力的视觉构图表达出来。

薰衣草田。同时在技巧上他们也会大量使用滤镜营造气氛。

这种经验累积便形成了台湾婚纱摄影的特征，但这种婚纱摄影与史川德的最大区别在于，史川德与被摄者的关系可能更深入，他会先跟他们聊很长时间，耐心沟通；而一个婚纱摄影师可能连新人的名字都不知道。因为那对他来说并不重要，他不需要认识你，他只要把你带进早就设计好的环境里，拍出特殊效果的照片就行了。

“经过化妆的新人们笑得很开怀，或者依照摄影师的指示，表现得若有所思。他们穿着这辈子可能只会穿一次的欧式礼服在夕阳下看海，但我们却无法从这样的照片里看到这些人的真实故事。对于照片中的人而言，这或许也是最诡异的地方，照片中的那个人真的是我吗？站在我旁边的那个人真的是即将与我结婚的人吗？二十年后，也许他们自己都无法相信他们就是原来那些照片中的主角。”

婚纱摄影是一种特别的摄影形式。相比之下，日常生活中那种随时随地的 Snapshots（快拍）又是什么呢？作者提醒我们，摄影其实是一种与死亡有关的东西，每个人的时间都是一段一段过去的，且永不回头。摄影就捕捉了那即将永远消失的一刻，留住了它，而这一刹那对我们而言是很残酷的。如果老去之后再看到那一刻那个年轻的死掉的我，该如何欷歔不已呢？这种死亡在那一瞬间被捕捉下来，就好像预知了这个被拍的人终有一天会真的死去。

我们天天拍这些 Snapshots，就是天天记录各种各样的死亡时刻。每一张照片都是一种悼念。

（主讲　梁文道）

贾想

贾樟柯的平民意识

贾樟柯（1970-），电影导演，山西汾阳人，北京电影学院文学系毕业。主要作品有《小武》《站台》《任逍遥》《三峡好人》《二十四城记》《海上传奇》等。2004 年获法兰西共和国文学艺术骑士勋章，2008 年获法国杜维尔电影节杰出艺术成就奖。

贾樟柯现在红得一塌糊涂，各大城市的书报摊上，几乎都能看到他当封面的杂志。这难免让人想起当年他刚拍电影时，要找一部他的作品来看都是很困难的。他最早的电影甚至没钱做字幕，放映的时候自己蹲在旁边配音，因为片子里全是山西方言，大家听不懂。

从那个地步走到今天，其实时间并不长，可以说他崛起得非常快。在这个过程中，我们一直能从他的电影中感受到一些很厚实的东西。这些东西从创作之初就是他电影的核心，那就是他对平民生活、个体生活的关注。

这一点在《贾想》这本书里也能表现出来。《贾想》是一本电影手记，大多是他对自己每一部电影的看法和描述，还有一些相关访谈。贾樟柯的文字相当好，难怪他说自己曾经想当个文学青年。我觉得他自己就是最好的影评人，几乎不需要别人再去解释他的作品了，他自己都写出来了。

书中一些细节相当有趣，比如 2001 年的一天，他在北京一个专卖盗版碟的店里瞎逛——那时候他的电影在外头还很难看见。这时候，突然听见店老板跟他说了一句："有一个人叫假科长，拍了部戏叫《站台》，你要吗？"贾樟柯觉得太妙了，他也没揭穿，只是说："有啊，那好，我也看看是怎么回事儿。"

贾樟柯早年是学美术的，据他说学美术其实一点都不浪漫，后来为了给自己找个出路，才去考电影学院。他说刚开始还觉得自己挺厉害，终于坚持着追求到了自己的理想，后来才发现，原来放弃理想比坚持理想还要难。

他永远记得身边那些在艺术道路上没有坚持下来而中途离开的朋友："……要么是因为父亲忽然去世，家里需要个男的干活，或者是家里供不起了，不想再花家里的钱，总之每个人都有自己非常具体的原因，都要承担生命的一种责任，一种对别人的责任，因而放弃了理想。在这种情况下，我们这些所谓坚持理想的人，其实付出的反而要比他们少，因为他们承担了非常庸常、日复一日的生活，他们知道放弃理想的结果是什么，但他们放弃了，县城里的生活今天和明天没有区别。"

所以他的电影一直在关注这些所谓的平常人，他能够在他们身上看到力量："我要拍的就是这样一些在县城里面，日子永恒不变的庸常人的生活，这种人的生活就是有力量的生活。"相比之下，他觉得自己作为一个电影导演反而是幸福和轻松的。

这种对日常生活的关注在过去的中国电影里其实也很常见，但不知道为什么，这种传统现在忽然断掉了。很多导演更喜欢拍所谓的大片，而在贾樟柯看来，那种场面宏大奇幻、杀来杀去、飞来飞去的东西远不如杨德昌和侯孝贤所拍摄的。

"其实以前中国电影不是这样的，像袁牧之的《马路天使》，被人认为是左翼电影，可是它取得的成就是呈现1949年之后逐渐被消灭、逐渐被淡忘、逐渐被遗忘的传统，那是对市井生活的熟悉和活泼表现。在里面你可以看到一些歌手跟鼓手，看到重要的人际关系，在市井的巷陌里面他们怎么样生存。然而这些东西在后来的中国电影里面却被淡淡丢掉了，为什么？因为大家都在拍一些宏大的、集体的东西，完全没有了个人生活。"

他一再强调"个人生活"，觉得这种关于个人生活的电影，不管拍的是哪个地方的人，一样会使人感动。他说自己上学的时候看过侯孝贤的《风柜来的人》，影片明明拍的是七八十年代台湾澎湖一帮小混混的故事，却一样让他感动。

我们现在要拍出一个人的真实生活，到底面对着什么困难呢？

关于这个问题，贾樟柯在《我不诗化自己的经历》里做了一个解答。他说有一回在咖啡店等人，忽然隔壁来了一桌人，坐定之后开始大谈电影，“其中一个老兄是老大，说话像牧师，句句如真理，谈到人名的时候都不带姓，比如把陈凯歌叫凯歌，把张艺谋叫老谋子，让周围四座肃然起敬，然后他就说：‘时下那帮年轻人不行，一点苦都没吃过，什么事儿都没经过，能拍出什么好电影呢？’接下来他开始大谈凯歌插队如何如何苦，老谋子要卖血才能拍片，好像只有这样的经历才叫经历，他们吃过的苦才叫苦。”

于是贾樟柯说：“我们文化里面有这样一种对苦难的崇拜，而且似乎这是获得话语权力的资本，因此有人便习惯性地要去占有苦难，认为自己的经历才算苦难，而别人的、下一代的经历又算什么呢？苦难成了一种霸权，因此形成一种价值判断。”

“在我们的文化里，总有人喜欢将自己的生活经历诗化，为自己创造很多传奇，好像平淡的世俗生活容不下这些大仙，一定要吃大苦受大难经历曲折离奇才算阅尽人间世事。”他特别反对这种做法，一直强调要拍出那种无风无浪、庸庸碌碌的人生，而这一点正是我们在他历年来的电影里经常看到的东西。

（主讲　梁文道）

拈花说

正信的佛教

觉有情

圣严法师（1930-2009），生于江苏南通，十三岁出家，禅宗曹洞宗第五十代传人、临济宗第五十七代传人，台湾法鼓山创办人。1975 年获日本立正大学文学博士学位，创办中华佛学研究所，一生致力于建设人间净土，以教育完成关怀任务。以中、日、英三种语言出版著作近百种，其中《正信的佛教》已发行三百万册。

记得小时候我在台湾看到的佛教跟今天的很不一样，今天很多佛教徒都是品行端正的知识分子，受过良好的现代教育，完全不觉得他们跟迷信有什么关系。我小时候看过的不少人却是烧香拜佛、求官求财，心里不免疑惑这到底还算不算佛教呢?

当年圣严法师来到台湾之后，目睹这些现状也感到非常奇怪，就在很多佛教杂志上写文章呼吁提倡“正信的佛教”。这本书就是此类文章的结集，在台湾乃至世界其他地方的影响都非常大，是一本很值得推荐的佛教入门书。读完之后你会发现，原来我们之前对佛教的认识都存在着不同程度的误解。

书中有一篇是讲菩萨的。圣严法师说“菩萨”这两个字其实是梵文的音译，而且是个简译，全称是“菩提萨埵”[1]；菩提是

[1] “菩提萨埵(duǒ)”是巴利文 Bodhisatto 的音译，梵文中则是 Bodhisattva。

"觉"，萨埵是"有情"，合起来意思是"觉有情"。菩萨是觉悟了的有情众生，以觉悟他人为己任，能够觉悟一切众生的痛苦。这样的菩萨是大乘佛教中众生成佛的必由之路。要成佛必须先发大愿，哪怕只是一个普通的佛教徒，只要他有扶困济危、救苦救世的菩萨心肠，都可以称之为菩萨。当然，凡夫菩萨与贤圣菩萨还是有区别的。

还有一篇文章谈到超度亡灵。佛教是讲超度的，但超度的功用有限，甚至是一种次要的力量。相比较而言，修善主要还是个人生前的事，虽然活人修善的功德可以"回向"给死人，但是《地藏经》也说，死人只能得[1]到这种功德的七分之一，其余六分还是活人自己得到的，为什么呢？因为做"回向"是想帮助别人，如果一个人愿意把自己的功德"回向"给其他人，就表示他愿意舍下自己，舍下自己也就远离了"我执"[2]，这难道不是最大的收

---

[1] "回向"是佛教修学过程当中一种重要的修行功夫。即自己所修的功德并不独享，而将之"回"转归"向"与法界众生共享，以开拓自己的心胸，并且使功德有明确的归宿而不致散失。

[2] 小乘佛教认为"我执"是痛苦的根源，又名"我见"。佛教中指对一切有形和无形事物的执著，指人类执著于自我的缺点，包括自大、自满、自卑、贪婪……或者自我意识太强而缺乏集体意识和奉献精神，或者太关注自己而忽略别人，等等。一般以内容分类，有"人我执"、"法我执"；以缘起分类，有"分别我执"、"俱生我执"。消除我执是一个佛教徒的修炼目标，认为没有我执就可以将潜在的智慧显现出来，成为有大智慧的人，即成为觉者。

益吗?

圣严法师说，超度中起主要作用的其实还是亡者家属和亲友们的感应，而不是僧尼们的诵经。家属们如果能在亡者临终之际，把他的身外之物拿出来施舍给穷人，让他明白家里人替他做了许多善事，这个功德便会对死者有很大的帮助，让他临终时心境归于平静。

佛教相不相信灵魂的存在呢? 圣严法师的答案是否定的。佛法认为，没有什么东西是永恒不变的，一切都是因缘和合、缘起缘灭。相信有永恒不灭的灵魂，其实并不是正信的佛教。佛教主张人死之后，不要用贵重的棺木，不要穿高价的衣服，也不要动用过多的人力和物力，最好是换上日常所穿的干净旧衣，将好的新衣和多余的钱财布施给贫苦人家或供奉三宝。而上世纪六十年代之前，台湾的很多和尚尼姑不懂这些道理，甚至会在一种黄纸上印梵文“往生咒”[1]烧给亡者，其实诵咒的功效与烧纸钱根本是两回事，再说印好的经也是烧不得的，烧了是不敬的。

之所以连出家人都搞不清楚这些问题，是因为大家已经不愿意花时间去了解真正的佛教了，而要理解真正的佛教，不读书、

[1] 佛教净土宗信徒经常持诵的一种经咒，亦用于超度亡人。

不求学、不听讲是不行的。有些人觉得读佛经困难，圣严法师认为真正的佛教经典并不难读，只不过有些食古不化的佛学家把它们生吞活剥、断章取义，最后弄出来可能连他们自己都不明白的文章，读者当然更加不知所云了。

许多佛教经典都有很高的文学造诣，胡适在研究文学史时就说过，佛经对于中国白话文学的影响相当大，佛经里的很多故事中国老百姓更是耳熟能详。圣严法师推荐大家可以先从《阿含经》看起，然后再读《法华经》《华严经》《大涅槃经》等，也许就会发现佛经并不比基督教的新约、旧约更加难懂。

（主讲　梁文道）

明末佛教研究

佛教的衰微与中兴

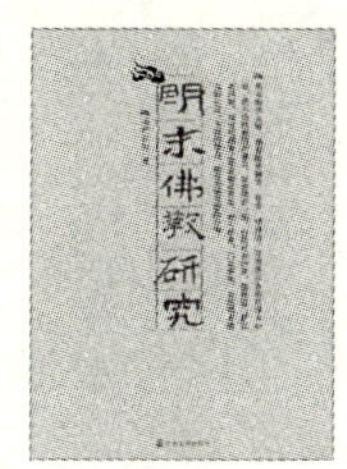

圣严法师去世，台湾各界都很震动，很多人赶赴法鼓山参加他的丧礼。由此也能看出近二十年来佛教在台湾的蓬勃发展。有统计数据证明，在台湾自称佛教徒的人超过了人口的一半，而台湾佛教的复兴也离不开圣严法师这样的高僧大德付出的不懈努力。

圣严法师是有名的学问僧，不是一般只修行或做法事的和尚。他一生精研佛理，著作等身。当年他来到台湾之后，发现一般大众对于佛教的理解只是念佛、吃素、打坐、诵经而已，并不关注佛法深层次的义理所在。大众信奉的佛法与民间信仰的神并没有什么两样，让人感到非常可惜。

后来他到日本留学，发现哪怕是一个中学程度的日本人，都能跟你对谈一个多小时的佛法，还不让你觉得他是外行，这中间的差别真是太大了。他深入研究佛法为何到了近代会如此衰微，发现中国大的寺院一般靠林地收租为食，小的寺院则倚赖信徒的香火和供养，寺院的经营并不是为了教化社会，因此对佛法的弘扬并不重视，也没有培养和感召弘法人才的需要。久而久之，佛教留给人们的印象就变成了逃避现实、与世无争，乃至于迷信骗人，甚而很多僧人自己对佛法的要旨都搞不清楚，常常做出一些违反戒律的事。

当时台湾很多受过西式教育的中产阶级对基督教和天主教的好感比较浓厚，有些基督教徒甚至写书攻击佛教。圣严法师有一段时间专门为此写文章、出书，回应这些攻击，可见佛教在台湾衰弊到了何种程度。

圣严法师在日本念博士的论文选择了明朝末年的佛教研究，那时候的佛教环境与现代类似，理学家对佛教的挞伐也与基督教、天主教和佛教的对抗相像，而佛教集团内部也是一片腐败。他做这个研究，就是想看看能不能为今天中国佛教的发展找到一点启示。

对于一般读者而言，《明末佛教研究》可能会有些艰深。这本书是一本有水准的学术著作，体现的是做学问的严谨态度和精密的考证功夫。很多人认为，中国佛教在唐宋以后进入衰败期，虽然中间也历经几次复兴，很多高僧大德都试图出来改革佛教，但似乎总是没有办法彻底扭转这个局面。

以禅宗为例，禅师修证经验的真伪与深浅，纵然需要自信，也必须经过其他人的勘验和认可，而有资格和能力验证他人的人，通常是指导你修行的人，他可能仅仅在一面之间便承认了你的修行功夫，就此将法脉传承下去。所以禅宗虽说“不立文字”，而偏偏佛教累计下来的文献又以禅宗最多，因为你是不是得到了认可，这个证法过程要被记录下来，一般称为《灯录》[1]。

到了明朝末年，佛教衰微。很多禅师为了维护寺院在形式上的世代相传，避免趋于灭亡的厄运，虽然有些接班人功力不行，也勉强认可，这种认可被称为“冬瓜印证”，意思是很不值钱的一种印证。

---

[1] 灯录是介于僧传与语录之间的一种文体，为禅宗首创。与僧传相比，它略于记行，详于记言；与语录相比，它撷取语录之精要，又按照授受传承的世系编列，相当于史籍中的谱录。灯能照暗，禅宗祖祖相授，以法传人，犹如传灯，故名。它实际上是禅宗思想史，如《景德传灯录》所记禅宗世系源流五十二世，1701 人。此外较著名的还有《天圣广灯录》《建中靖国续灯录》《联灯会要》《嘉泰普灯录》《续传灯录》等，为禅宗思想史的研究提供了可借鉴的样式。

当时很多高僧大德都极力反对这种法脉承袭的陋习，觉得在这种情况之下所谓的法脉已完全被搞乱了。

同时，净土宗开始流行。净土宗主要讲念佛，在他们看来，一个人即使根器不好、不够聪明，也一样可以修习佛法，只要你能坚持天天从早到晚一心念佛就行。净土宗不像禅宗那样严守门户，有那么多卷案和记录，要清理世谱以证明其身。但净土宗也并不像我们所理解那么简单，其法门虽不问根器，却也不是人人都能够修成的。念佛不是光用嘴巴念那么简单，同时还需要去思考“念”的本身是什么？为什么念？谁在念？我又是谁？等等，这就有点像禅宗了。

明朝末年佛教的又一个特色是出现了很多居士，对此后佛教的发展产生了重大影响。这些居士大多是些传统的读书人，受儒家影响很深，在修习佛法时也难免会用儒家的孔孟之道去理解佛经，有时候还会和道教沾上边。比如明末有位袁了凡居士，他在佛祖面前发愿要扶危济困，居然还说希望诸佛能够赐给他神丹或仙草，让他在世间活得更长久一些，以便更好地救度众生。圣严法师说，这分明是将道教的神仙信仰与修习佛法混为一谈。

那么这么做到底好不好呢？其实也很难说，它虽然使佛教能够更加顺利地融入中国传统，但佛教的本来面目却也渐渐丧失了。而且很多人对佛教的期许本来就不够清净，明朝末年宦官弄权，政治黑暗，人们想从佛教中找到一些精神依托，以此来帮助自己面对叵测不安的命运。

（主讲　梁文道）

中国历史中的佛教

顿渐之争

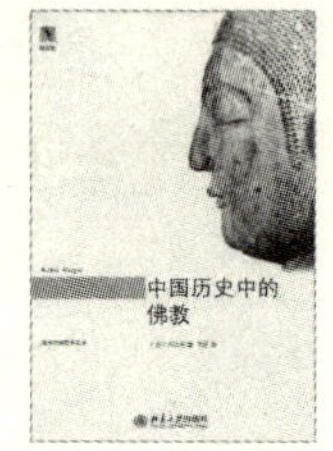

芮沃寿（Arthur F. Wright，1913-1976），二十世纪中叶美国汉学研究的领军人物之一，与费正清同为美国汉学研究的奠基人。1947 年毕业于哈佛大学并获哲学博士学位，之后任职于斯坦福大学和耶鲁大学。著有《中国历史中的佛教》（Buddhism in Chinese History）《行动中的儒教》（Confucianism in Action）《儒家与中国文明》（Confucianism and Chinese Civilization）等。

佛教在汉朝的时候就已传入中国，但那时候还没站稳脚跟，直到南北朝时代，整个社会形成了一种新秩序，它才真正稳定下来。

佛教为什么在南北朝时期能够在中国扎下根呢？芮沃寿教授在《中国历史中的佛教》中提出了一些有趣的观点。他认为，对当时的人来说，佛教传说是一个宝库，它能够提供君王行为的新典范，比如印度阿育王就是通过皈依佛陀而成为统治有方的君主；同时，佛教也提供了慷慨布施的典范。当时的世家大族掌握了大量的物质财富和实际的政治权力，而佛教经典中的维摩诘居士本身也是个有权有势的贵族，是受人尊敬的家长和父亲，但他的生活又非常纯净和严谨，有着无碍的辩才，智慧超群，这样的人自然成为当时世家大族们模仿的对象。

南北朝时期胡人入侵中原，他们很快就明白自己部落的传统方式根本不能够支撑他们统治整个汉人社会。但他们也不愿意接受一些老谋深算的儒绅建议而采用儒家方略，因为这样一来，会丧失胡人政权的文化身份。这时候一些外国人提供了一个新方案，那就是西域的佛教。作为一种外来宗教，佛教既不是汉人的也不是胡人的，它的理论具有普世性，讲究众生平等，并不在意什么华夷之别，所以很容易就跨越了种族和文化的界限，为中原各地所广泛接受，并且到了隋唐时期全面兴盛。

这本书关注的另一个问题是中国佛教的所谓顿渐之别。这个区分是东晋高僧竺道生[1]提出来的。当时中国同时翻译了小乘和大乘佛法，顿渐之别在二者的对比之中产生。佛教讲求解脱，“渐修”要求人一步一步修行，循序渐进，累积功德；相比之下，“顿”则是一种忽然而然的、在急遽变化中一下子解脱的状态。禅宗就是“顿”支，后来取代了“渐”支成为主流，一直主宰着中国的佛教思想。

芮沃寿说，禅宗在很多方面其实已经与原来的佛教大相径庭。比如它对语言很怀疑，喜欢具象的隐喻与类比；它对悖论很

---

[1] 竺道生（355-434），本姓魏，巨鹿（今河北平乡）人，出身官宦世家，八岁从竺法汰出家，改姓竺。后追随鸠摩罗什授业，为罗什门下“四圣十哲”之一。其“善不受报”、“顿悟成佛”的理论，在南北朝初期风行一时。撰有《二谛论》《佛性当有论》《法身无色论》《佛无净土论》等。

喜爱，对书籍较排斥，相信直接面对而又默默无言的交流与洞见。事实上，禅宗可以被视为中国思想传统对印度佛教典籍冗长单调、经院化逻辑证明的一种反动。

顿悟的基础其实是中国道家的直觉哲学，此外还有对个体开悟的强烈专注。更重要的是，它同时还符合中国儒家的一种传统信念，即“人皆可以为尧舜”，每个人都可能开悟而超凡入圣，得到解脱。如果像渐宗那样慢慢累积，可能下辈子都解脱不了。

这是佛教在中国本土化的结果，佛道元素最终与民间信仰混为一体，几乎成为一种新的民间宗教。很多印度佛教传说中的神佛菩萨都被安上地方神的属性，中国人按照自己的喜好，往往把他们说成历史中的一个真实人物，后来才变成神佛。例如佛教中有一个神叫 Yama——地狱之王，到了中国就成了阎罗王[1]，并且被解释成是隋朝一个死于公元 592 年的官员。还有弥勒佛，在中国变成了一个大腹便便的恩主，你求他“阿弥陀佛”，他有求必应。

---

[1] 阎罗王，梵语 Yama-raja，译成阎罗王、阎王魔等。阎王在中国民间影响很大，传说他是阴间的王，人死后都要到阴间去报道，接受阎王的审判。《二十四史》中记载隋初大将韩擒虎在灭陈后，五道将军持天符请他出任阴司之主，韩应允之后便辞别朝廷君臣和家小，赴阴间当阎罗王去了。

事实上，中国的很多社会观念都深受佛教影响。比如以前人们认为上天的赏罚会降临在整个家族上面，后来佛教思想传入，这种业报就变成了以个人为基础的独特的中国版。此外，佛教还给中国带来了一种翻译外来语的方法，那就是大量的音译，像 romantic 被译为“浪漫”，modern 就译成“摩登”，这些经验都是在翻译佛经的时候积累下来的。

（主讲　梁文道）

禅与文化

佛教和商人的关系

季羡林（1911-2009），字希逋，又字齐奘。出生于山东省临清市康庄镇。著名的古文字学家、历史学家、东方学家、思想家、翻译家、作家。他精通12国语言。曾任中国科学院哲学社会科学部委员、北京大学副校长、中国社科院南亚研究所所长。

“佛”这个词在梵文里是 Buddha，也翻译成“佛陀”。这个词原意并不是指什么神灵，而是“觉者”，即一个觉悟了的人。所以，佛教严格来说应该是个无神论的宗教。

在中文里我们常常会把“佛陀”省略成“佛”，这两个词有什么不一样吗？季羡林先生在《禅与文化》这本书中谈到这个问题。季先生花了很多时间去研究佛教，他的研究完全从学术角度出发，跟一般的宗教信仰没什么关系。关于“佛陀”这个词，他在上世纪四十年代写过一篇很重要的论文《浮屠与佛》。

一般人以为，“浮屠”指的是佛塔，人常说“救人一命胜造七级浮屠”，但其实最早在中文里“浮屠”并不是佛塔，而是 Buddha，佛陀。也就是说，这个词是先翻译成“浮屠”，后来大概觉得不太好听，才改成了“佛陀”，然后又简称为“佛”。

季先生还有篇论文叫《再谈浮屠与佛》，运用了梵文和各种西域古语文文献，得出一个结论，就是“浮屠”这个词并不是从梵文直接翻译过来的，更可能是从大夏文[1]或摩尼教[2]安息人的古文字翻译过来的。这样的文字考证看上去好像没什么意思，但却能够让人发现，原来佛教传入中国并不是直接从印度过来的，而是辗转途经西域、中亚的一些国家，中国佛经的翻译也与这些国家的古语文有着很大关系。

季老常常从这样的细微处下功夫，通过系统的考据做出了很多学术贡献。比如通过研究各国的古文字，他还发现了很有趣的一点，就是佛教和商人的关系。佛教其实完全不像人们所想象的那样，是一个躲在山里清修的宗教，它一开始就是在城市中发展的。当年释迦牟尼觉悟后，首先供养他的就是两位商人[3]，因此佛

---

[1] 大夏，西域古国名，又译作“吐火罗”、“吐火罗斯坦”，公元前174年即有记载。大夏人生活中心大致在今新疆和田一带。属东伊朗人种。大夏语属于印欧语系的伊朗语族，又称吐火罗语。

[2] 摩尼教（Manichaeism，汉语意译为明教），公元三世纪中期由波斯人摩尼（Mani）所创，后分别向东西两个方向传播，盛极一时，影响久远。安息人是塞种人的一个支族，与波斯人族源相近，是典型的游牧民族，使用古伊朗语。

[3] 这个故事见于许多佛经，如《普曜经》卷七《商人奉妙品》，《方广大庄严经》卷十《商人蒙记品》等。释迦摩尼在菩提树下静坐沉思四十九天而成道。觉悟后，刚好有两位商人经过，看到佛陀的威仪庄严，便以米糕和蜂蜜供养。为了回报他们，佛陀初次宣说了五戒十善法。其后，在佛教的传播过程中，商人（长者、居士）始终扮演着重要的角色，不仅僧众的衣食多由他们供养，而且办道场修行的场所也由商人提供，如著名的孤独园、竹林精舍等，就是当时拥有巨大财富的给孤独长者、迦兰陀长者购置营建的。

教最早与商人的关系很好。

在当时的印度，商人和佛教徒都是被歧视的。佛教提倡众生平等，而种姓制度则相信人与人之间的阶级划分是牢不可破的，所以佛教徒自然成了被社会排斥的边缘人，他们与商人的结合也就相当自然了。通过研究佛教律典，季先生还发现，早期的佛教还曾规定，佛教徒与商人同行时，如果想放屁或者大小便，必须到下风去，而不能够在上风，以免熏坏了商人，可见那个时候佛教徒对商人就像对待贵族一样，实在令人吃惊。

季先生的研究也让我们发现，如果从社会学或者人类学的角度去考查，也许各种宗教的戒律莫不与某种风俗有关。而任何宗教一旦进入到一种文化里面，也一定会与当地原有的文化习俗融合，适应它并发生相应的改变。

（主讲　梁文道）

弥勒会见记

弥勒信仰的来源

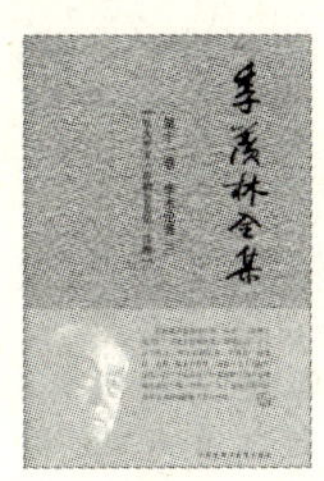

季羡林先生擅长用历史语言学的工具和资源来做学问，在这个领域中他最有名的一个成果是关于吐火罗文版的《弥勒会见记》的译释。当时《弥勒会见记》的残稿在新疆一发掘出来，就被交到了季先生手中，希望他能够翻译出来并进一步研究。那时候只有他一个人能做这件事。

古代西域有很多小国，吐火罗文是其中一些地方使用的语言，《弥勒会见记》是用这种语言所写的一个剧本。要研究这本书，首先要了解弥勒或弥勒佛。

“弥勒”这个字在梵文中是 Maitreya。Maitreya 源于印度教里 Metrak[1]，Metrak 再深入追究，发现这个词其实是从伊朗传入的，是指与太阳有关的事物，在整个中东地区包括以色列、黎巴嫩都有这个概念。所以“弥勒”从词源上看应该是一个太阳佛，这也就是为什么我们今天看到弥勒佛形象总会有一种光芒四射的感觉。

弥勒佛为什么又跟未来产生联系呢？这又要回到中东地区了。当地一直流传着关于未来救世主“弥塞亚”的信仰，人们相信，在世界末日来临的时候，“弥塞亚”会降临大地，拯救我们，为我们开启一个美好的未来世界。

弥塞亚、Metrak、弥勒，读音都很像。今天很多人去佛寺拜大肚弥勒，但恐怕没有多少人知道，弥勒佛跟犹太教、天主教讲的救世主弥塞亚其实来自同一个源头呢。

这个词后来经由吐火罗文翻译到中国，曾出现过三种不同的译法，一种译成“弥勒”，一种译做“梅旦利耶”，还有一种译成“慈氏”。“慈氏”是一种意译，梵文里弥勒的另一个意思就是慈爱者。季先生仔细追溯了这三种译法的源头，发现“弥勒”和“慈

[1] Metrak很可能是梵文的Maitrī（慈爱）加上吐火罗词尾-ik（者）所形成的新词，意为慈爱者。

氏”同时出现在后汉及三国时期，而“梅旦利耶”出现较晚。为什么呢？因为弥勒是从吐火罗文的 Metrak 翻译过来的，梅旦利耶则明显是从梵文直接译过来的。相同的例子还有印度的恒河、须弥山这些翻译，其实都来自吐火罗文。

由此我们知道，至少在唐玄奘到西天取经并把它们从梵文直接翻译成汉文之前，早期像东汉时候的佛经其实都经过了西域的中介，比如先译成吐火罗文，再由吐火罗文译成汉文。这就是季先生通过研究《弥勒会见记》所得出的结论。

（主讲　梁文道）

开始读懂佛经

佛经是怎样产生的

李坤寅，毕业于台湾辅仁大学宗教系，宗教研究所，曾在中华佛学研究所学习，后任职于中华电子佛典学会并任多项专案研究助理。

中国文化受佛教影响很深，神州大地上广建寺庙，大家路遇僧人也不觉稀奇，佛经里的很多故事家喻户晓，禅宗一支更是在传统文化里深深扎下根来。但是与缅甸、泰国、斯里兰卡等佛教氛围更为浓厚的国家比起来，我们对佛教的认识似乎还差着一些距离。

如何认识佛教呢？我想最好的方法还是从读经开始。如何读懂佛经？《开始读懂佛经》这本书大概可以解答一些问题。作者李坤寅现在做一些电子工程方面的工作，同时也是佛经电子版的编辑。

佛经都是历代高僧翻译过来的，翻译时尽量通俗化，便于大众读懂。关于最早的佛经是怎么来的，还有一个著名的传说。据说释迦牟尼圆寂之后，他的弟子们很紧张，紧张佛陀的教法会失传或者被后世篡改歪曲。于是就召集了一个大会让大家一起来确认一下。当时五百阿罗汉聚集在一起，共同推选了“多闻第一”的阿难[1]忆诵佛陀的教诲，因为阿难博闻强记，佛说的每一句话他都记得清清楚楚。于是阿难就在几百个师兄弟面前背诵，背一段，大家认可一段，这样形成了佛教最初的经典。

但是佛经真正形成文字还得再过三四百年，早期大家都是这么口口相传的，所以至今佛经通常会以四个字开头，叫做“如是我闻”，我是这么听说的。当年阿难背诵佛祖的话，开头都会这么说。

佛经的结构一般都很井然，开头是序，接下来是题。序下面还有别序，通常讲“尔时菩萨”如何，说明佛说这段话是在什么地方，发生了什么事情。然后是佛经的正文，再后面是佛祖讲这些话给我们什么教训。结尾通常都是四个字——“信受奉行”。大家听完佛祖的话心里都很喜乐，纷纷承诺佛祖会身体力行。

了解了佛经的结构，读起来大概会相对容易些。大部分佛经的结构都是如此，所以佛经是相当系统和严谨的经典。在《开始读懂佛经》这本书里，作者还逐一介绍了《金刚经》《心经》《法

---

[1] 阿难，梵语Ananda，意为“欢喜”、“喜庆”。原为释迦牟尼佛堂弟，后随佛陀出家。佛陀五十五岁时，选阿难为常随侍者，侍佛左右二十多年。记忆力超群，对佛的一言一语谨记无误，因此被称为“多闻第一”。佛灭后第一次结集的经藏都由阿难诵出。

华经》《华严经》等，方便大家根据兴趣阅读。

还是回到最初那个问题，为什么我们要读佛经？佛经原本是记载佛陀的说法供后人研究和分析用的，但是大乘佛学却相信当你念诵经文的时候，经文便会内化，并进而影响人的行为。再后来的说法就更悬了，很多人甚至觉得经文本身是有法力的，这就有点匪夷所思了。

（主讲　梁文道）

不生气的生活

理智面对批评

W·伐札梅谛比丘，生于泰国清莱，二十一岁受足比丘戒。静觉僧伽大学及曼谷农业大学客座讲师。佛教畅销书作家，笔名金刚塔，已出版九十多本书，如《智慧之语》(Words of Wisdom)《佛陀教我不生气》(Anger Management)《成功之匙》(Recipes of Success)等。

在很多社会现象面前，人们常常会抱着极大的怒火。这是很自然的，因为社会运动通常是在人们普遍感到社会存在很多不公正现象时才会爆发。但问题是，愤怒真的能帮助我们解决问题吗？

文化界也有很多人喜欢掐架，彼此都很恼火。事后回想起来才发现，其实只有保持足够的理性，才能够更好地处理问题。哪怕是在社会运动中，也要保持冷静，不去憎恨任何人，包括你所反对的那些政策的制定者和执行者。

《不生气的生活》介绍了九种平息怒气的方法。作者伐札梅谛尊者是泰国一位有名的法师，他把这本书写得非常浅显，用书信体的方式，好像跟弟子谈话一样说出自己对愤怒的看法。

书中特别提到一种人，当他们被某件事情激怒或者仇恨一个人的时候，就会长久地把这种愤怒埋藏在心里，甚至死后也要带进棺材里。作者为这种人感到可惜，如果心中对于某人或某事不能释怀，生活还能够快乐吗？

伐札梅谛尊者说，大部分人在生气的时候都是失控的，因为他没有办法觉察到自己的内心，我为什么生气？生气又能怎么样呢？我们没有办法冷静下来理智地分析自己的愤怒。伐札梅谛尊者提醒我们，首先要觉察自己的内心，知道我们正在生气、正在愤怒，然后才能冷静下来分析愤怒背后的原因。

南传佛教里的一首诗，大意是“那些聆听你大放厥词的人似乎不懂你在表达什么，你因而轻蔑或者鄙视对方，你为何不将这个生气转向自己呢？因为你竟然没能让他了解你所说的话”。还有一句，“头上是天，就不能怕下雨；生而为人，就别怕批评。”就连释迦牟尼自己也曾遭到造谣生事者的攻击。

大部分时候，愤怒来自于无法忍受别人的批评训斥或诽谤谣言。换句话说，每个人心里都有一个对自己的认知，并且一直认为这个认知是对，而别人批评和毁谤完全违背了这种自我认知，因而愤怒无比。但是你真的了解自己吗？你心目中那个不会犯错的完好自我就是大家眼中的你吗？

伐札梅谛尊者说，毁谤、训诫、指责、批评或谣言都是很普遍的现象，世间无人能够幸免。如果能在批评和指责面前保持理性，或许会从这些逆耳言词中发现宝藏。就算分析之后，仍觉得这些话没什么道理，也仍然可以怀着感恩的心来看待，因为对方竟然在你身上花这么多时间，成了你全方位的照妖镜，试图从各种角度照出你的瑕疵，迫使你能够从他们眼中看到自己的错误。所以你应该利用这些攻击去增进自己的修为，甚至那些恶意冒犯你的人都应该成为你慈爱对待的对象，你应努力引领他们脱离自己的贪、嗔、痴。

这么做好像很困难，对不对？作者说，让我们想想大地吧，多少年来人们总是践踏着大地，随地丢弃垃圾，倾泻秽物粪便，或者在上面挖洞，但不管人们怎么污损和滋养它，大地总是如如不动，既不曾抗议要求公道，也不会因被珍爱而欢喜。像大地一样稳固坚强不为外界冲击所影响吧，当你被激怒的时候，请想象你的心就是大地。

（主讲　梁文道）

包容的智慧

大和尚遇见真君子

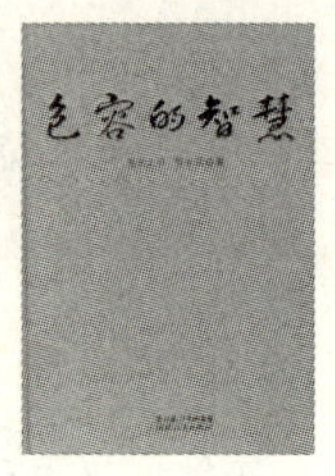

释星云（1927-），江苏江都人，十二岁于南京出家，为临济正宗第四十八代传人。1949年春组织僧侣救护队赴台，1967年在高雄创建佛光山，以弘扬“人间佛教”为宗风，在世界各地创建二百余所道场，开办美术馆、图书馆、出版社、书局、中华学校、佛教丛林学院及大、中、小学等。2010年获“中华文化人物”终身荣誉奖。

刘长乐（1951-），凤凰卫视董事局主席兼行政总裁，香港太平绅士。1980年毕业于北京广播学院，1996年在香港与新闻集团合作创办凤凰卫视。现任中国传媒大学、南京大学、武汉大学客座教授，美国国家电视艺术科学院国际董事会理事等。

《包容的智慧》这本书是星云大师与刘长乐先生的对话录。他们一个是台湾佛教界领袖，一个是香港凤凰卫视行政总裁，年龄相差了整整一代，却在对话中找到了很多共同语言。

星云大师尽管是佛教宗师，自己也经营媒体，而且非常懂得如何运用媒体传播佛法；而刘长乐先生身为媒体大亨，却一心向佛，为推广佛教事业付出了很多努力，这些都成为他们对话的基础。

两人的这种因缘际会也是两岸三地乃至世界佛教界一件大事所促成的，那就是 2002 年陕西法门寺佛指舍利被迎奉到台湾，当时凤凰卫视实况转播了全过程。星云大师为此特别感谢了刘长乐先生，我想这是两人合作的起点。后来他们的交流越来越密切，共同致力于推动两岸佛教文化的传播。2007 年刘长乐先生专程前往台湾佛光山，在与星云大师的多次对谈之后产生了这样一本书。

时任中国国家宗教局局长的叶小文先生在序言里说："本书的两位作者——台湾佛光山的星云大师和凤凰卫视的刘长乐先生都是我的挚友，近年因热心张罗筹办'世界佛教论坛'，便不时有缘一见。每每看见长乐先生，我会想起'大和尚'；看见星云大师，我又看到'真君子'。打开书卷，两位高僧、名士、大师、大家在那里娓娓而谈，倍感亲切，犹如温暖的春风习习扑面，智慧的清泉款款入心，听着、悟着，你会恍然大悟，原来是'人间佛教，大家包容'。"

"包容"二字带出了这本书的题目《包容的智慧》。到底"包容"的真意是什么？为什么人类需要互相包容、互相尊重才能生存？如果说做任何事情都可以不怕困难不怕危险，就怕没有伟大的精神，那这种"伟大的精神"又与包容有什么关系呢？一个人的善心可以解决所有问题吗？刘长乐先生请大师在这本书里进行了开示。最后刘长乐先生还特别关注大众传媒对两岸的交流应该发挥什么作用，由此从佛教的传播转入了入世的当下。

《包容的智慧》试图面对的正是当前世界的诸多实际问题。对话一开始，刘长乐就提出，1989 年柏林墙的倒塌和 2001 年"9·11 事件"都让我们看到了世界巨变的契机，西方国家通常用“文明的冲突”来解释此类事件，但东方智慧却更提倡文明之间的相互融合。自以为聪明的人类虽然能够对大到宇宙小到原子的物质世界有相当程度的了解，却因为缺乏“包容”的精神，无法处理好自己的生活。能否“包容”往往决定着一个人、一个团队、一个民族、一个国家甚至整个人类的命运。

星云大师特别提到，有一位观众在凤凰卫视看到他与长乐先生的对话后写了封信给他，说《包容的智慧》好像并没有深入触及“智慧”的真谛，但他深入思考之后，突然明白了，原来包容就是智慧，智慧就是包容。

（主讲　曹景行）

图书在版编目（CIP）数据

我读.2/凤凰书品编. —长沙：湖南文艺出版社，2010.11

ISBN 978-7-5404-4667-3

Ⅰ.①我… Ⅱ.①凤… Ⅲ.①书评—中国—现代—选集 Ⅳ.①G236

中国版本图书馆CIP数据核字（2010）第206179号

我读2

编　　者：凤凰书品
责任编辑：唐　明
特约编辑：困于1984　杨丽娜
营销编辑：闫　硕
封面设计：张丽娜
版式设计：姜利锐
出版发行：湖南文艺出版社
（长沙市雨花区东二环一段508号　邮编：410014）
网　　址：www.hnwy.net
印　　刷：北京盛兰兄弟印刷装订有限公司
经　　销：新华书店
开　　本：775×1120　1/32
字　　数：153千字
印　　张：8.5
版　　次：2010年12月第1版
印　　次：2010年12月第1次印刷
书　　号：ISBN 978-7-5404-4667-3
定　　价：32.00元